Jasmin Schaudinn

Päckchensommer

Mit Illustrationen
von Stéffie Becker

dtv

MIX
Papier aus verantwortungsvollen Quellen
FSC® C014496
www.fsc.org

Originalausgabe

Umschlag- und Innengestaltung: Stéffie Becker
Gesetzt aus der Sabon LT
Satz: Fotosatz Amann, Memmingen
Druck und Bindung: GGP Media GmbH, Pößneck
Printed in Germany · ISBN 978-3-423-76496-4

Inhalt

Die Überraschung

Alles begann mit einem dicken, saftigen Klumpen Glück.

Schon während unserer Paketrunde war Papa so fröhlich. Richtig albern. Als wir bei Frau von Schwanhof klingelten, um ihr ein kleines, leichtes Päckchen zu bringen, sagte sie vorwurfsvoll: »Mein lieber Konrad, Sie klingeln im völlig falschen Moment. Ich führe ein wichtiges Telefonat!« Dazu schwang sie ihre Arme mit dem Telefon in der Hand, sodass ihre wallenden Gewänder nur so flatterten und ihre Ketten und Ohrringe aufgeregt klimperten. Da zwinkerte mein Papa ihr doch tatsächlich zu, lächelte und antwortete: »Liebe Frau von Schwanhof, ich bin untröstlich! Können Sie mir noch einmal verzeihen?«

Dabei spricht mein Papa mit Fremden sonst nie mehr als unbedingt nötig. Frau von Schwanhof schien auch irritiert, zog eine ihrer perfekt geformten, dickschwarzen Augenbrauen hoch und

sah ihn erstaunt an. Dann lächelte sie. »Ich denke schon.«

Wenn wir bei Frau von Schwanhof fertig sind, müssen wir auf unserer Runde nur noch drei Straßen erledigen, dann haben wir es geschafft und können Frieda aus dem Kindergarten abholen. Frieda ist mein kleiner Bruder. Er ist vier Jahre alt und eigentlich heißt er Friedrich, aber als er noch ganz klein war, hat er zu sich selbst immer Frieda gesagt, und das haben wir dann einfach übernommen.

Heute waren es nur noch vier Päckchen. Das ist ziemlich wenig und ich dachte, dass Papa vielleicht deshalb so fröhlich war. Er pfiff, während er in den Möwenweg einbog und beim blauen Haus hüpfte er die Treppe mit zwei Paketen in der Hand hinauf. Aber spätestens als er zu mir sagte: »Heute spendiere ich Pizza zum Abendbrot!«, wusste ich, dass irgendetwas Besonderes passiert sein musste, denn normalerweise gibt es abends bei uns nur Brot und Gurke.

Als wir gegessen hatten, legte Papa sein Besteck zur Seite, atmete tief durch, beugte sich weit vor und sagte feierlich: »Kalle, Frieda, ich habe eine Überraschung für euch: Wir fahren in den Urlaub! Nach Italien!« Er strahlte uns an und seine Augen leuchteten, wie schon lange nicht mehr.

»In den Urlaub?«, fragte Frieda und seine blauen Augen wurden ganz groß. »Mit dem Postauto?«

»Nein«, lachte Papa, »nicht mit dem Postauto. Mit dem Zug.«

»Mit dem Zug?« Frieda bekam vor Aufregung ganz rote Wangen. »Mit einem echten Zug?«, fragte er sicherheitshalber noch mal nach.

»Ja, mit einem echten Zug. Sogar mit zwei Zügen. Den ganzen Weg nach Italien.« Frieda war aufgesprungen. »Wir fahren mit dem Zu-hug, wir fahren mit dem Zu-hug!«, rief er ausgelassen und sprang um den Tisch herum.

»Ja, musst du denn nicht arbeiten?«, fragte ich ungläubig.

»Nein, ich habe die ersten zwei Sommerferienwochen freibekommen! Der Chef hat es mir heute Morgen bestätigt!«

In dem Moment begann das Glück in mich hineinzutröpfeln. Ganz langsam erst. Und dann, als ob jemand den Glückswasserhahn weiter aufgedreht hätte, rauschte eine richtige Glückswelle durch mich hindurch. Ich merkte, dass mein Körper so viel Glück gar nicht mehr gewohnt war und mir wurde ganz heiß. Papa sah mich mit seinen lieben blauen Augen an.

»Freust du dich?«, fragte er und seine Stimme klang ein bisschen zittrig.

»Ja«, antwortete ich leise und räusperte an dem Kloß in meinem Hals herum.

»Ja«, sagte
ich schon etwas lauter
und dann schrie ich es mit aller Kraft:
»Ja!«

Ich sprang auf, schnappte mir Papa und Frieda und tanzte mit ihnen um den Küchentisch und die Pizzareste.

»Wir fahren nach Italien!«, haben wir die ganze Zeit gesungen und sind gehüpft und gesprungen, und Frieda hat immer wieder gerufen: »Mit dem Zug! Mit zwei Zügen!«, bis Papa plötzlich lachend stehen blieb und den Finger vor die Lippen hielt.

»Wir müssen etwas leiser sein. Wir haben Frau Schmidtchen ganz vergessen.«

Er wies mit dem Finger Richtung Zimmerdecke, denn über uns wohnt Frau Schmidtchen, unsere Vermieterin, und die mag es gar nicht, wenn es laut ist. Sie hat auch verboten, dass wir nach sieben Uhr noch die Tür zu dem kleinen Innenhof aufmachen. Sie sagt, dass dann Insekten ins Haus kommen und alle Nachbarn sich durch die Lautstärke gestört fühlen.

Ich nahm Papa in den Arm. »Ganz in echt und wirklich wahr? Wir drei? Nach Italien? Kein Flachs?«, fragte ich. »Kein Flachs. Frieda, du und ich und Italien«, grinste er und drückte mich an sich, dass ich kaum noch atmen konnte. Dann haben wir ganz leise noch ein bisschen weitergetanzt.

Als ich im Bett lag, konnte ich gar nicht einschlafen wegen des Glücksklumpens in meiner Brust. Das Glück waberte von links nach rechts und immer wenn ich kurz davor war, einzuschlafen, kitzelte es mich wieder wach. Italien! Ich war noch nie in Italien. Vorletzten Sommer waren wir mit Mama und Papa an der Ostsee, aber seit Mama nicht mehr da ist, sind wir nicht mehr in den Urlaub gefahren. Ich habe gedacht, wir warten, bis sie vom Nordpol zurück ist. Unsere Mama ist nämlich eine Forscherin. Sie kennt sich sehr gut aus, mit dem Klima und so. Deshalb ist sie zum Forschen ganz weit weg, fast am

Nordpol. Dort braucht man ihr Wissen, um die Welt vor dem Klimawandel zu retten. Sie sammelt jeden Tag wichtige Daten, dort im Eis. Und dann wertet sie sie aus und findet heraus, was man tun kann, damit die Natur sich wieder erholt. Das ist natürlich sehr wichtig. Auf jeden Fall wichtiger als auf zwei kleine Jungs aufzupassen. Zumal das ja auch Papa machen kann. Und sie rettet die Welt ja auch für Frieda und mich. Für uns und alle anderen Menschen.

Frieda kann das noch nicht verstehen. Er findet, jemand anders soll die Welt retten, aber doch nicht unsere Mama. Und er versteht auch nicht, was man da überhaupt retten muss. Er findet die Welt prima, so wie sie ist. Frieda ist eben noch klein. Er vermisst Mama oft und manchmal ist er auch wütend auf sie, weil sie nicht da ist. Ich kümmere mich aber gut um ihn. Er

darf oft in meinem Bett schlafen und ich lese ihm was vor und passe auf, dass er auch gut die Zähne putzt. Papa ist abends oft müde und da helfe ich Frieda eben. Und manchmal passt auch Frau Güngörmüs von nebenan auf Frieda auf. Dann darf er mit ihr Kartoffeln schälen und Teig kneten und auf ihrem Schoß sitzen.

Ich finde es etwas schade, dass es dort im Eis keinen Handyempfang gibt. Sonst könnten wir mal mit Mama telefonieren. Ich würde sie gern fragen, ob sie schon einen Eisbären gesehen hat. Und ich würde ihr von dem doofen Leander erzählen, der mich immer wegen meines Rollers ärgert. Oder nein, dann würde sie sich nur Sorgen machen, das würde ich ihr vielleicht besser doch nicht erzählen. Ich würde ihr einfach sagen, dass sie sich keine Sorgen machen muss, dass wir das gut schaffen, alles, und sie ganz in Ruhe weiterforschen kann. Also, solange es halt nötig ist. Ein klitzekleines Bisschen könnte sie sich vielleicht beeilen, wenn's geht.

Aber jetzt fahren wir ja erst mal nach Italien.

Plötzlich hörte ich Frieda aus seinem Bett rutschen. Nackte Füße tapsten durch das Zimmer.

»Kalle, darf ich heute bei dir schlafen?«, flüsterte er und ich konnte in dem schmalen Lichtstreifen, der durch das Fenster hineinfiel sehen, dass er seine Uschi fest im Arm hatte. Mit den Fingern zupfte er an einem Zipfel, so wie er es immer tut, wenn er müde oder traurig ist.

Seine Uschi ist eigentlich ein ganz normales Windeltuch mit zwei Knoten drin. So eins, das man nimmt, wenn Babys spucken oder sabbern. Frieda hat dieses Tuch von Anfang an immer ganz doll festgehalten. Und wenn er müde war, hat er sich das Tuch über die Augen gezogen. Und unsere Mama hat zu dem Tuch immer Uschi gesagt. Warum, weiß ich nicht genau, aber Windeltuch ist schon ein ziemlich umständliches Wort. Ja, und obwohl Frieda schon

lange kein Baby mehr ist, hat er seine Uschi immer noch.

Ich rutschte zur Seite und hob die Decke.

»Mit zwei Zügen, Kalle, mit zwei! Meinst du, Lasse ist schon mal mit zwei Zügen gefahren?!«, flüsterte Frieda, als er sich in meine Armbeuge kuschelte. Ich grub meine Nase in seine blonden lockigen Haare. Sie rochen immer ein bisschen nach Wald, gemischt mit Vanillepudding.

»Nein, das kann ich mir nicht vorstellen!«, flüsterte ich zurück.

»Das kann ich mir aber auch überhaupt nicht vorstellen!«, murmelte er glücklich.

Purzelbäume

Es waren die letzten Tage vor den Sommerferien und in der Schule war nicht mehr viel los. Wir mussten keine Arbeitsblätter mehr machen und jeden Tag wurden irgendwelche Bücher eingesammelt und Fächer aufgeräumt und solche Sachen. Alle Lehrer waren irgendwie netter und weniger streng als sonst und über allem lag so eine warme Brise. Man konnte die Ferien regelrecht riechen.

Heute saßen wir im Stuhlkreis mit unserer Klassenlehrerin und jedes Kind erzählte der Reihe nach, was es in den Ferien vorhatte. Ich konnte den anderen gar nicht richtig zuhören, so doll turnte mein Glücksklumpen in mir herum. Zwischen den Rippenbögen hatte sich das Glück gesammelt und schlug Purzelbäume.

Frau Beinlein wandte sich an mich. Sie beugte sich auf ihrem Stuhl vor und sah mich mitleidig an. Frau Beinlein sieht immer irgendwie ein bisschen traurig aus, in ihrem Gesicht hängt alles so nach unten, auch die Mundwinkel, und immer wenn sie mich anspricht, sinken sie noch ein Stückchen tiefer. Sie neigte den Kopf ein wenig zur Seite und fragte: »Und du, Kalle, was machst du denn in den Ferien? Hilfst du wieder deinem Papa?« Sie fragte das so, als ob das in etwa mit einem Gefängnisaufenthalt zu vergleichen wäre. Ich setzte mich auf.

»Nein, diese Ferien fahren mein Papa, mein Bruder und ich nach Italien!«, sagte ich laut und deutlich. Frau Beinlein zuckte ein wenig zusammen, das war sie von mir gar nicht gewohnt.

»Och, schön«, antwortete sie und lächelte ungläubig. Dabei schafften es ihre Mundwinkel knapp in die Waagerechte.

Mein Glücksklumpen trug mich problemlos durch die letzten Schultage. Er ließ mich das ganze Kopfgestreichel der Lehrerinnen aushalten. Leander, der mal wieder an meinem Roller rummeckerte, und selbst die Aussicht, nächstes Jahr meinen tollen Platz am Fenster neben Anna aufgeben zu müssen, konnte mich nicht schocken, denn ich fuhr ja nach Italien!

Nach dem letzten Schultag wartete ich wie immer im Finkenpfad, Ecke Rabenstraße auf Papa. Schon von Weitem sah ich das gelbe Postauto und winkte ausgelassen. Heute noch Pakete verteilen und morgen dann Italien!

Ich helfe meinem Papa jeden Tag, die Pakete zu verteilen. Wenn ich groß bin, möchte ich auch Paketzusteller werden, obwohl mein Papa sagt, das sei ein

Knochenjob. Ich finde, es ist ein toller Knochenjob! Allein schon dieser riesige Lieferwagen! Ich sitze natürlich immer vorne neben Papa, denn hinten ist der Laderaum mit den Päckchen. Man sitzt viel höher als in einem normalen Auto und kann über alles drüber gucken. Außerdem gibt es vorne drei Plätze nebeneinander, sodass Frieda, wenn er samstags mitkommt, auch vorne sitzen kann. Dafür hat Papa extra immer einen Kindersitz dabei. Wenn Papa aussteigt, setzt Frieda sich hinter das Lenkrad und tut so, als ob er fährt.

Ich finde, man lernt beim Päckchenverteilen so viele nette Leute kennen. Okay, man lernt natürlich auch doofe Leute kennen, aber da kann man ja schnell das

Paket abliefern und wieder gehen. Dann hat man mehr Zeit für die netten. Ich hab es natürlich besonders gut. Denn ich kann bei den nicht so netten Leuten einfach direkt im Auto sitzen bleiben.

Mein Lieblingskunde ist Willi Krüger, Kleiberweg 5. Da steige ich auf jeden Fall immer mit aus. Papa und ich gehen dann zusammen hin, Papa gibt Herrn Krüger sein Päckchen und dann fährt er weiter. Ich bleibe aber meistens noch da und rede ein bisschen mit Herrn Krüger und streichele seinen Dackel Heini. Vorher gucken Papa und ich nach, wie viele Pakete im Kleiberweg auszuliefern sind und dann weiß ich ungefähr, wie viel Zeit ich habe. Sechs Pakete sind ungefähr zwölf Minuten. Herr Krüger weiß ja, dass es knapp ist und deshalb hält er immer schon drei Bockwürstchen bereit. Eine Bockwurst für ihn, eine für mich und eine für Heini. Manchmal schneidet er Witze aus Zeitungen für mich aus. Erst liest er sie mir vor und dann darf ich sie mitnehmen. Zu Hause habe ich extra eine Kiste, wo ich sie aufbewahre.

Ich setze mich immer neben Heini auf den Boden, dann kann ich ihn die ganze Zeit streicheln. Das ist das Allerschönste. Heini ist so lieb und hält ganz still und leckt nur manchmal ganz zart an meiner Hand. Aber mit Herrn Krüger zu reden ist auch sehr schön. Vor allem weil er nur was sagt, wenn es etwas zu sagen gibt. Manche Erwachsene sagen Sachen, die man ruhig weglassen konnte, finde ich. Herr Krüger nicht. Wenn es nichts zu sagen gibt, sind wir einfach still und essen unsere Wurst. Und lachen über die Witze. Oder auch nicht. Irgendwann muss ich dann los. Der Kleiberweg macht nämlich eine Kurve, und Herr Krüger wohnt ganz am Anfang der Kurve. Wenn Papa mit dem Kleiberweg fertig ist, also ganz am anderen Ende der Kurve ankommt, laufe ich bei Herrn Krüger hinten im Garten durchs Törchen und steige wieder bei Papa ein und die Witze knistern in meiner Hosentasche.

Im Nest 13–19 steige ich auch immer aus. Da gibt es einen Innenhof, in dem spielen ganz viele Kinder. Papa hat hier einige Zeit zu tun, weil die Familien mit den vielen Kindern jede Menge Pakete bestellen, deshalb kann ich ein bisschen mitspielen. Ein paar von den Kindern beneiden mich darum, dass ich im Postauto mitfahren darf. Manchmal zeige ich es den Kleinen von innen und sie dürfen sich auch mal kurz auf den Fahrersitz setzen. Das geht allerdings nur, wenn Frieda nicht dabei ist. Der wird sonst eifersüchtig und fängt an rumzuschreien.

»Das ist nur mein Postauto, nicht das von den anderen Kindern! Die dürfen da nicht sitzen!«, meint er. Deshalb kann ich samstags niemanden hinter das Steuer lassen.

Heute war Jonte mit seinen kleinen Brüdern draußen. Wild schreiend rannte er voraus und seine Brüder hinterher, alle mit Stöcken in den Händen.

»Halt Männer! Ein Bote aus einem fernen Land. Bringst du frohe Kunde, Fremder?«, fragte er grinsend und hielt mir seine stockfreie Hand zum Einschlagen hin. Seine Brüder umkreisten uns kreischend.

»Was ist mit euch los? Wo ist euer gutes Benehmen? Bringt dem Herrn sofort eine Portion von unseren herrlichen Sandklößen und ein Glas Matschwein!«, gespielt streng sah er seine Brüder an und wies auf den Sandkasten. Sofort preschten die Jungs davon.

Jonte ist wahrscheinlich der beste große Bruder, den man sich nur wünschen kann. Er denkt sich verrückte Spiele aus, tobt und tröstet und lacht so laut, dass man es bestimmt bis in die oberen Stockwerke hören kann.

Während die Kleinen im Sandkasten beschäftigt waren, sagte er: »Kalle, altes Haus! Ist es nicht einfach wunderbar – sechs Wochen Sommerferien liegen vor uns!« Er hatte den Arm um mich gelegt und malte einen Strich in die Luft, um die Unendlichkeit von sechs Wochen zu verdeutlichen.

»Ich werde ausschlafen, ins Freibad gehen und auf gar keinen Fall ein Buch anfassen!«, seufzte er glücklich. »Und du? Wirst du von morgens bis abends Post ausfahren?«

In dem Moment erschienen seine Brüder, schwer

bepackt mit Förmchen voller Matschklöße und einer alten Plastikflasche, in der sich wohl der bestellte Wein befand. Eifrig verteilten sie Speis und Trank und flitzten zurück zum Sandkasten.

»Wir fahren nach Italien«, murmelte ich und ein Lächeln stahl sich auf mein Gesicht. Jonte sah mich an.

»Was? Du fährst nach Italien? Und das sagst du erst jetzt?« Ich wurde rot. Er drehte sich um und rief durch den ganzen Hof: »Er fährt nach Italien! Wow! Das ist ja der Hammer, Mann! Italien!« Er schlug mir auf die Schulter. »Na, da kann ich natürlich mit meinem popeligen Freibad nicht mithalten …« Jonte strahlte über

das ganze Gesicht. Er freute sich so, als führe er selbst nach Italien.

»Darauf trinken wir!« Theatralisch hob er die verschlossene Plastikflasche mit dem Matschwasser in die Luft.

»Buon Giorno! Auf Italien und auf Kalle!« Er tat, als ob er einen großen Schluck nähme.

»Nee, wie spektakulär! Kalle in Italien. Ich war noch nie am Meer«, verträumt sah er in die Ferne. »Könntest du mir vielleicht eine Muschel mitbringen?«

»Na klar, versprochen!« Mein Glücksklumpen schlug schon wieder Purzelbäume.

Schokopudding

Zu Hause haben wir dann angefangen zu packen. Das war ziemlich chaotisch, denn wir machen das ja nicht so oft und sind gar nicht geübt darin. Und da wir mit dem Zug fahren wollten, konnte jeder nur einen Rucksack mitnehmen. Plötzlich stand Papa in unserer Zimmertür. In Badehose.

»Jetzt schaut euch das an! Sie passt sogar noch!«, strahlte er. Mein weißer, strahlender Papa mit der roten, verwaschenen Badehose. Ich fragte mich, wieso sie nicht mehr hätte passen sollen, schließlich war er so dünn wie eh und je und Erwachsene wachsen ja nicht mehr.

»Warum fahren wir nicht direkt in Badehose los!?«, fragte er übermütig. »Was anderes brauchen wir sowieso nicht! Los, probiert eure Badehosen auch mal an!«, befahl er. Ich lachte, angelte aber wie gewünscht meine grüne Badehose mit dem aufgenähten Bronzeabzeichen aus der Schublade und zog sie über den Schlafanzug.

»Sehr schick! Und so praktisch! Da hast du auch gleich den Schlafanzug dabei! Steckst du dir noch die Zahnbürste hinters Ohr, dann kannst du deinen Rucksack eigentlich hierlassen.« Wir mussten lachen. Dabei sind wir darin auch nicht so geübt.

Frieda schrie: »Wo ist meine Badehose? Ich will auch in Badehose losfahren!«

»Da wird der Schaffner aber gucken, wenn wir da in unseren Badehosen auftauchen«, schmunzelte Papa und wir schlugen uns bei dem Gedanken an die verwunderten Blicke des Schaffners und der anderen Fahrgäste vor Lachen die Hände vor den Mund. Natürlich fanden wir Friedas Badehose. Glücklich zog auch er sie über den Schlafanzug.

»Da wird der Schaffner aber gucken, wird er da aber, was Kalle?«, strahlte er, wackelte mit dem Po und konnte sich gar nicht mehr beruhigen bei dem Gedanken.

In dem Moment klingelte Papas Handy. Während er damit aus dem Zimmer ging, zog Frieda sich die Taucherbrille samt Schnorchel an, die er eben in der hintersten Ecke seines Schrankes entdeckt hatte. Die Taucherbrille war inzwischen etwas eng und drückte seine kleine Stupsnase platt. Er betrachtete sich im Spiegel. »Da wird er aber gucken, dieser Schaffner!«, nuschelte er. »Die Fahrkarten bitte!«, trötete er durch den Schnorchel. Ob ich auch noch meine alte Taucherbrille hatte? Die würde ich in Italien sicher gut gebrauchen können. Ich musste Papa mal fragen, wo sie sein konnte.

Als ich ins Wohnzimmer kam, stand Papa da, das Handy noch in der Hand und starrte vor sich hin. Er sah ganz schön blass aus. Wie gut, dass wir nach Italien fuhren. Da würde er ordentlich Farbe bekommen! Frieda war hinter mir hergerannt und versuchte, sich die Flossen über seine kleinen, dicken Füße zu stülpen. Er stupste Papa am Arm und kicherte. »Hilf mir mal, Papa!«

Langsam drehte Papa sich zu uns um. »Kinder, wir … wir fahren nicht nach Italien. Das war mein Chef. Er … es tut ihm leid. Er braucht mich nun doch.« Während er das sagte, strich er geistesabwesend über Friedas Kopf. Der schob die Taucherbrille hoch.

»Was?«, fragte er und rieb sich die gequetschte

Nase. Dabei heißt es natürlich »Wie bitte«, aber Frieda ist ja noch klein. Der vergisst das manchmal. Irgendwie war ich trotzdem froh, dass er das fragte, denn ich hatte auch noch nicht so richtig verstanden, was Papa da gesagt hatte. Papa ging vor Frieda in die Hocke.

»Wir können nicht nach Italien fahren. Ich muss arbeiten. Es tut mir leid, wir … wir fahren ein anderes Mal.«

»Was?«, schrie Frieda da und schob Papas Hand weg. Seine Augen füllten sich mit Tränen. »Du hast gesagt, wir fahren nach Italien! Mit dem Zug! Das hast du gesagt! Du hast es versprochen!«, heulte er.

»Ja, ich weiß. Es tut mir …« Papa versuchte Frieda in den Arm zu nehmen. Frieda schubste ihn weg.

»Du bist blöd!«, brüllte er und warf die Flosse, die er noch in der Hand hatte, gegen den Sessel.

»Was man verspricht, muss man auch machen! Das hast du gesagt! Du bist der blödeste Blöde!« Er versuchte nach Papa zu hauen. Der hielt sanft seine Hände fest.

»Frieda …«

Doch Frieda riss sich los, rupfte die Taucherbrille samt Schnorchel ab und schmiss sie auf den Boden, dann rannte er zu mir und warf sich in meine Arme.

»Ich will Züge fahren!«, schluchzte er in mein Schlafanzugoberteil. Ich streichelte über seine blonden Locken. Frieda ist ja noch klein, der versteht manches noch nicht. Irgendwie schaffte ich es, ihn in unser Zimmer zu bugsieren.

»Du darfst heute wieder in meinem Bett schlafen, ja?«

»Jaaaa!«, weinte Frieda und klammerte sich an mich.

»Aber ich will Zug fahren! Zwei Züge will ich fahren!«

»Ja, ich weiß. Aber wir könnten doch Straßenbahn fahren. Das ist fast so wie Zug!«

Frieda sah mich durch einen Tränenschleier an. »Echt?«, fragte er und zog die Nase hoch.

»Ja, sicher! Wusstest du das nicht?« Er schüttelte den Kopf.

»Fährt die denn auch bis nach Italien?«, fragte Frieda und wischte sich mit dem Schlafanzugärmel über die Augen.

»Nein, das nicht«, gab ich zu. »Aber bis zum Freibad fährt sie. Was meinst du?«

Er runzelte die Stirn und griff nach seiner Uschi. »Meinst du, Lasse ist schon mal Straßenbahn gefahren?«, fragte er.

»Das weiß ich nicht. Aber bestimmt noch nicht bis zur Endstation.«

»Was ist Endstation?«

»Das ist die allerletzte Station, ganz am Ende, weiter fährt die Straßenbahn überhaupt nicht. Wenn du willst, fahre ich mit dir bis zur Endstation.«

»Oh ja! Meinst du, Papa erlaubt das?«, fragte Frieda und lächelte mich mit seinem nassgeweinten Gesicht an.

»Bestimmt. Ich geh ihn gleich mal fragen, ja? Und du wärmst mir schon mal schön das Bett an, okay?«

»Ja, das mach ich, Kalle!«, antwortete Frieda und wühlte sich diensteifrig in die Kissen.

Im Wohnzimmer stand Papa immer noch an der gleichen Stelle. Er bemerkte mich erst, als sich unsere Blicke trafen. Langsam kam er zu mir, kniete sich vor mir auf den Boden und hielt mein Gesicht in seiner Hand. Er streichelte mir zärtlich über die Wange.

»Danke, mein lieber Kalle. Es tut mir so leid.« Seine Augen füllten sich mit Tränen. »Wir fahren ein anderes Mal, bestimmt. Du weißt doch, ich darf mir keinen Ärger mit dem Chef erlauben. Ich brauche den Job.« Er zog mich in seine blassen dünnen Papaarme. Ich starrte über seine Schulter auf die Schale, die auf der Kommode hinter ihm stand und streichelte ihm den Rücken. Ich starrte so fest auf diese Schale, dass ich ganz verwundert war, dass sie sich nicht allein durch meinen Blick bewegte.

»Ist gar nicht schlimm.« Während ich die Schale anstarrte, versuchte ich mich zu erinnern, was ich heute gegessen hatte. Ein Toast mit Butter zum Frühstück. Später einen halben Pfannkuchen von gestern.

Das ist ein sehr guter Trick, wenn man nicht weinen will. Und ich wollte auf keinen Fall weinen. Ich bin schließlich kein Baby mehr und Papa konnte ja gar nichts dafür, dass wir nun doch nicht nach Italien fuhren, und wenn ich jetzt weinen würde, wäre er noch trauriger, und das wollte ich auf keinen Fall. Papa war auch so schon traurig genug. Frieda kann das noch nicht verstehen, aber ich natürlich schon.

Man muss sich zwingen, nur daran zu denken, was man den Tag über gegessen hat, an nichts anderes. Dann klappt es meistens und die Tränen bleiben drin. Das hab ich geübt, das kann ich gut.

»Kalle?«

Drei Stück Apfel, eines hatte ich Anna geschenkt. Ein Brot mit Salami. Papa hielt mich im Arm und sah mich an.

»Es tut mir so leid.«

Ein Muffin mit Gummibärchen. Anton hatte Geburtstag gefeiert.

»Das macht nichts, ist nicht schlimm, du brauchst ja den Job.« In der Betreuung hatte es Lasagne gegeben.

»Wir fahren ein anderes Mal.«

Lasagne, Lasagne, Lasagne. Ich löste mich sanft aus der Umarmung. Salat. Waren Gurken darin gewesen?

»Ja, klar, ein anderes Mal. Ich bin müde, Frieda schläft bestimmt schon. Ich geh auch mal ins Bett.« Keine Gurken. Nur Tomaten und Paprika.

»Kalle …«

Als Nachtisch Schokopudding.

»Gute Nacht, Papa.« Ich drehte mich vorsichtig um, damit bloß nicht doch noch eine Träne herauskullerte. Papa kniete noch immer auf dem Boden. Nun würde er blass bleiben … Mensch, Kalle, reiß dich zusammen! Schokopudding, verdammt noch mal!

Irgendwie hangelte ich mich bis zu meinem Bett. Bis zu Herrn Krügers Bockwurst habe ich es nicht mehr geschafft. Aber zum Glück schlief Frieda schon und das Bett war warm.

Stöpselproblem

Als ich am nächsten Morgen aufwachte, bemerkte ich zuerst nur, dass etwas anders war. Es dauerte einen Moment, bis ich herausfand, was es war. Der Glücksklumpen war weg. Der Platz, wo er gesessen hatte, fühlte sich hohl an. Auf dem Weg zur Toilette bemerkte ich, dass ich immer noch die Badehose über dem Schlafanzug trug.

In der Küche hatte Papa mein Frühstück bereitgestellt. Das Kakaopulver war im Glas komplett nach unten gesunken. Ich rührte um und sah zu, wie es sich wieder mit der Milch vermischte. Die Uhr tickte laut durch die leise Küche.

»Lieber Kalle«, stand auf einem Zettel neben meinem Teller, »lass es dir schmecken! Frieda ist bei Frau Güngörmüs. Holst du ihn nach dem Frühstück ab? Ihr könnt entweder um 10:15 Uhr in der Eulengasse einsteigen, oder um 11:30 Uhr am Spatzenplatz. Wollen wir später ein Eis essen gehen? Papa«

Ich drehte den Zettel in meiner Hand. Eigentlich freute ich mich immer auf die Samstagstour. Samstags waren die meisten Leute zu Hause, da wurden wir oft alle Päckchen los. Außerdem waren die Leute samstags meist netter. Vielleicht, weil sie ausgeschlafen hatten. Aber heute konnte ich mich nicht freuen, sosehr ich mich auch bemühte. Ich sah auf die Uhr. Viertel nach neun. Um halb zehn hätten wir losgemusst. Unser Zug wäre um 10:37 Uhr losgefahren. Von Gleis 12. Ich blinzelte und biss in meinen Toast.

Nach dem Frühstück räumte ich das Geschirr in die Spülmaschine, machte die Betten und zog mich an. Im Flur standen unsere leeren Rucksäcke. Bevor ich Frieda bei Frau Güngörmüs abholte, schloss ich zweimal ab.

Als Papa uns am Spatzenplatz die Tür aufmachte, sah er sehr müde aus. »Hallo ihr zwei!«, sagte er, lächelte und nahm mich in den Arm. Toast mit Butter. Kakao.

»Es sind heut nicht so viele Pakete! Vielleicht können wir nach dem Eis noch ins Freibad?«

»Freibad! Freibad! Aber mit der Straßenbahn!«, rief Frieda und schnallte sich an. Er schien Italien längst vergessen zu haben.

»Ja, das klingt toll«, sagte ich höflich.

Ich sah aus dem Fenster. Der Himmel war milchig grau und die Hitze legte sich wie eine dicke Wolldecke über mich. Es war kaum Verkehr. Papa hielt, stieg aus, die Schiebetür zur Ladefläche schrammte auf, Pakete schliffen über den Boden. Papa stieg die Stufen zum Spatzenplatz Nummer 6 hoch.

Wir blieben im Auto sitzen. Manchmal gingen wir mit in die Nummer sechs und fuhren ein bisschen Aufzug, während Papa die Pakete auslieferte. Heute nicht. Frieda war auf den Fahrersitz gerutscht und machte Motorengeräusche.

Ich lehnte meinen Kopf gegen die Fensterscheibe und fühlte, wie ein Schweißtropfen meine Schläfe hinunterlief, kurz am Kieferknochen hängen blieb und dann den Hals entlang kitzelte. Ich wischte ihn mit dem Handrücken weg.

»Mögt ihr das Paket für Frau Schröder hinter den Blumenkübel legen, Jungs? Dann sind wir früher fertig und haben schneller unser Eis«, schlug Papa vor.

»Klar.« Ich schnappte mir den Schuhkarton. Frau Schröder war nie zu Hause. Wir klingelten schon gar nicht mehr bei ihr, sondern legten das Päckchen immer sofort hinter den Blumenkübel vor ihrem Haus.

Als wir die Treppen hinaufgingen, fühlte es sich an, als müsste man die Luft wie einen schweren Samtvorhang zur Seite schieben, so schwül war es.

Gerade als ich mich nach vorn beugte, um das Paket hinter den Kübel zu legen, öffnete sich die Tür.

»Ach, mein Paket, wie wunderbar!« Vor mir stand eine junge Frau im Bademantel. Sie runzelte die Stirn. »Seid ihr nicht ein bisschen zu jung zum Arbeiten?«

»Also eigentlich ist mein Vater ...«

»Na, ist ja auch egal! Hauptsache das Paket ist da. Ich fahre nämlich heute in den Urlaub!« Sie schnappte sich das Paket und wollte rasch die Tür wieder schließen, da sagte Frieda: »Wir wollten eigentlich auch heute in den Urlaub fahren. Aber jetzt muss Papa arbeiten. Deshalb fahren wir doch nicht nach Italien.« Er sah die junge Frau ernst an. Die zuckte unsicher die Schultern. »Oh.«

»Aber wir fahren Straßenbahn! Bis zur allerletzten Station. Da, wo es überhaupt nicht mehr weiter geht!«, fügte er dann hinzu.

»Toll!«, antwortete Frau Schröder und sah mich an, als wolle sie wissen, ob sie richtig reagiert hatte.

»Schönen Urlaub«, sagte ich und zog Frieda die Treppe hinunter.

Wir kämpften uns durch den Samtvorhang zurück zum Auto. Papa war schon da. Sein gelbes T-Shirt klebte ihm am Körper, er hatte die Hände auf das Lenkrad und den Kopf auf die Hände gelegt. Als ich die Tür öffnete, sah er auf.

»Alles in Ordnung?«, fragte er und wischte mir den Schweiß von der Stirn.

»Hmhm«, antwortete ich.

Herr Krüger öffnete die Tür.

»Kalle! Was machst du denn hier? Ich habe keine Wurst, ich dachte, du bist in Italien! Ja, und da ist ja auch der Friedrich!« Verdutzt sah er uns an.

»Papa muss jetzt doch arbeiten«, murmelte ich. Mein Mund war so trocken. Ich hob den Kopf. Herr Krüger sah aus, als habe er Zahnschmerzen.

»Ach du meine Güte«, murmelte er. Er streckte die Hand aus und klopfte mir ganz leicht auf den Arm. Glücklicherweise kam Heini angelaufen. Ich hockte mich zu ihm. Sanft leckte er meine Hand.

»Ja, was machen wir denn da? Ich hole erst mal eine Dose Würstchen aus dem Keller!«, sagte Herr Krüger eifrig.

»Nein danke. Wir können heute nicht bleiben«, nuschelte ich mit meinem trockenen Mund, strich Heini noch einmal über den Rücken und lief schnell zurück zum Auto, bevor Papa weiterfahren konnte.

»Doch, wohl!«, hörte ich Frieda hinter mir. »Ich kann wohl noch bleiben. Und ich kann auch Würstchen essen!« Ich sah durch das Autofenster, wie Frieda eine Wurst bekam und Heini streichelte. Dann kam er missmutig angestapft.

»Mann! Du bist aber ein Schwindelheini! Wir hätten nämlich wohl Zeit gehabt!« Böse sah er mich an. Erst als Papa losfuhr, bemerkte ich, dass ich das Päckchen für Herrn Krüger immer noch in der Hand hatte. Ich musste es aus Versehen wieder mitgenommen haben. Unauffällig ließ ich es in das Türfach neben mir gleiten.

Als wir in den Innenhof vom Nest fuhren, schien dieser in einer Art Dornröschenschlaf zu liegen. Eine Frau lehnte am Pfosten der Wäschespinne, ein zusammengelegtes Shirt in der Hand. Ein Junge lag in einer großen Schubkarre, nur die Beine hingen heraus. Ein paar Kinder saßen im Sandkasten. Als Papa den Motor ausmachte, war es einen Augenblick still, kein Lüftchen regte sich. Dann strich ein Windhauch über den Platz, Blätter raschelten, ein Windspiel klingelte. Papa schmiss die Autotür zu. Der Knall schien alle aus ihrer Hitzeträgheit zu wecken.

Ich streckte die Hand aus dem offenen Fenster, um ein wenig von dem Wind zu erhaschen. Plötzlich erschien Jontes Kopf neben meiner Hand.

»Was machst du denn hier? Wolltest du nicht nach Italien? Hat dein Zug Verspätung?«, fragte er mit gerunzelter Stirn. Ich öffnete die Tür und stieg zu ihm hinunter.

»Mein Vater muss doch arbeiten, wir … wir fahren nächstes Jahr. Vielleicht«, antwortete ich und sah auf meine Turnschuhe.

»Oh«, sagte Jonte. Ich konnte genau hören, wie er mich jetzt ansah. Konzentriert sah ich weiter auf meine Turnschuhe. Die nächste Windbö wirbelte Staub auf.

»Wer will schon nach Italien?! Ich meine, da ist es womöglich noch heißer als hier. Willste ein Kaugummi?« Er wühlte in seiner Hosentasche und hielt mir ein etwas zerknittertes Päckchen hin. Ich versuchte zu lächeln. Frieda war längst zu den Kindern im Sandkasten geflitzt.

»Ach wat, is dat nich der kleene Postmann?« Die Frau mit der Wäsche kam zu uns rüber. »Der Hannes hat jesacht, et jeht nach Italien?« Jonte stellte sich neben mich. »Nee, doch nicht. Ist was dazwischengekommen«, antwortete er ihr.

»Wat dazwischenjekommen? Wat denn? Oder haste jeflunkert? Fährste jar nich nach Italien, wa?« Sie grinste mich überlegen an, als sei sie mir auf die Schliche gekommen. Ich kaute kraftvoll das Kaugummi weich.

»Ach, macht doch nüscht! Wollste auch mal wat Tollet erzählen, wa? Versteh ick doch!« Sie knuffte mich kollegial in die Seite.

»Willst du nicht lieber deine Wäsche abnehmen, Jolanda? Es zieht sich zu«, fragte Jonte und trat einen Schritt vor.

»Tsss, Italien!«, lachte sie und machte sich kopfschüttelnd auf den Rückweg zu ihrer Wäscheleine.

Jonte sah mich an, als wäre ich ein ziemlich wackelig gebauter Turm, der jeden Moment zusammenzustürzen drohte.

»Magste noch ’nen Matschkloß?«, fragte er. Der

Wind blies inzwischen kräftiger und ließ Jolandas Laken tanzen. Ich schüttelte den Kopf. Wir standen uns gegenüber und wussten nicht, was wir sagen sollten. Aus dem Augenwinkel sah ich meinen Vater aus dem letzten Haus kommen.

»Bist du schlimm traurig, dass es nichts wird mit Italien? Klappt bestimmt beim nächsten Mal. Nimm's nicht so schwer«, raunte Jonte.

»Geht schon. Ich muss jetzt los«, würgte ich an dem Kaugummi vorbei und stieg wieder ins Auto. Ich schloss die Tür und sah nicht zu Jonte. Papa hob Frieda neben mich und fuhr los. Meine Augen brannten. Toast mit Marmelade. Kakao. Keine Bockwurst. Ich kaute kräftig auf dem Kaugummi herum und versuchte den drückenden Klumpen in meinem Hals gleich mit zu zerkleinern. Ich blinzelte. Dummerweise hatte ich noch nicht so viel gegessen heute, an das ich mich hätte erinnern können. Toast, Kakao, Kaugummi. Toast, Kakao, Kaugummi. Toast …

Und dann musste ich doch weinen. Es fühlte sich an, als ob jemand den Stöpsel von meiner Tränenbadewanne gezogen hatte. Die Tränen liefen mir aus den Augen und ich fürchte auch aus der Nase. Ich presste mir die Hände vors Gesicht, als könnte ich sie so wieder zurückdrücken, aber es half nichts. Sie quetschten sich einfach an den Händen vorbei und zwischen den Fingern durch. Ich konnte nichts machen und schluchzte hinter meinen Händen vor mich hin.

»Kalle? Kalle!«, Papa sah mich mit aufgerissenen Augen an. Er bremste scharf, zog die Handbremse an und rutschte zu mir rüber. Er schlang seine dünnen Papaarme um mich und zog mich zu sich heran. Er drückte mich so fest, als müsse er mich davor bewahren, aus dem Postauto zu fallen. Mein Kopf klemmte zwischen seinem Kopf und seiner Schulter und ich weinte und schluchzte und schniefte so doll, dass es uns nur so schüttelte. Papas Shirt wurde noch nasser, aber das war nicht so schlimm. Es musste ja sowieso gewaschen werden. Papa schien es auch gar nicht zu stören, denn er hielt mich einfach, hielt mich und hielt mich, fest und ruhig und sicher. Frieda lehnte gegen meinen Rücken. »Du weinst ja sogar am Arm«, murmelte er und wischte mir vorsichtig mit seiner Uschi den Schweiß vom Ellenbogen. Ich weiß nicht, wie lange wir so zusammen saßen und uns aneinanderklammerten, aber irgendwann hupte es laut hinter uns und wir fuhren erschrocken hoch. Ich sah aus dem Fenster. Der Himmel hatte sich verdunkelt, in der Ferne hörte man Donnergrollen. Wieder ertönte die Hupe hinter uns.

»Sie blockieren die Straße!«, hörte ich eine Männerstimme rufen. Papa lehnte sich aus dem Fenster.

»Entschuldigung, ich fahre sofort weiter!«, rief er und ich konnte sehen, wie er die Hand hob. Ein Blitz zerriss den Himmel.

»Sie meinen wohl auch, Sie könnten einfach überall parken, um ihre dusseligen Päckchen zu verteilen, was? Das ist eine Straße! Die wird auch von anderen Leuten benutzt. Versuchen Sie doch mal, nicht immer nur an sich zu denken!«, schimpfte der Mann rotgesichtig aus seinem Autofenster.

Papa stieg wieder ein. Er startete den Motor. Weiß traten seine Fingerknöchel hervor, während er das Lenkrad umklammerte. Als er anfuhr, klatschten die ersten dicken Tropfen auf die Scheibe. Ich wischte mir mit dem Ärmel über das Gesicht.

»Papa?«, fragte ich zaghaft. Er saß kerzengerade auf dem Fahrersitz und starrte mit weit aufgerissenen Augen auf die Straße. Ob er sauer war?

»Es tut mir leid, Papa«, murmelte ich und fühlte mich so schlecht und schwach, wie man sich nur fühlen kann. Frieda wischte mir mit seiner Uschi jetzt die Tränen aus dem Gesicht. Papa sah zu uns. Seine Augen waren rotgerändert, so als hätte er geweint, und nicht ich. In dem Moment prasselte der Regen plötzlich vom Himmel, als hätte dort ebenfalls jemand den Stöpsel gezogen. Während Papa Gas gab, beobachtete ich, wie die Leute sich ihre Taschen über die Köpfe hielten und versuchten, sich in Hauseingängen vor dem Regen in Sicherheit zu bringen. Und in dem Moment sah ich noch etwas anderes.

»Papa, du bist falsch gefahren. Wir hätten nach rechts gemusst. In den Möwenweg.«

Papa reagierte nicht. Er blickte nach vorn und fuhr weiter stur geradeaus.

»Papa?«, fragte ich und sah ihn besorgt an, »Wo fährst du denn hin?«

»Nach Italien!«, antwortete er.

Zwischenstopp

Eine Zeit lang hörte man nur das Prasseln des Regens auf dem Autodach und das gleichmäßige Klack-Klack der Scheibenwischer. Ich starrte Papa mit offenem Mund an.

»Aber Papa, die Päckchen … Wir sind doch noch nicht fertig!«

»Tja, da werden sie wohl ein paar Tage ohne ihre dusseligen Pakete auskommen müssen!«, antwortete Papa und sah mich kurz an. Ich wusste nicht, was ich sagen sollte. Ich wusste noch nicht mal, was ich fühlen sollte! Meine Gedanken fuhren Achterbahn. Und meine Gefühle waren mit eingestiegen.

»Ist das nicht verboten?«, fragte Frieda und sah mich unsicher an. Doch! Frieda hatte völlig recht. Ich schüttelte mich. Wir konnten wirklich nicht einfach so nach Italien fahren! Papa musste doch arbeiten. Und das Auto gehörte uns ja eigentlich gar nicht! Außerdem waren auch noch fremde Päckchen drin. Und wir hatten noch nicht mal unsere Badehosen dabei …

Aber es wäre so schön! Papa, Frieda und ich in Italien. Papa machte nie etwas Unvernünftiges, nie! Durfte er dann nicht vielleicht ein einziges Mal …?

Papa sah mich von der Seite an und legte seine Hand auf mein Bein.

»Italien, Kalle. Meine Jungs und ich und Italien.« Er lächelte. Als ich nicht reagierte, boxte er Frieda spielerisch in die Seite. »Wir fahren nach Italien!«, stimmte er unseren Gesang von damals an. Frieda schien seine Bedenken bereits überwunden zu haben und stimmte lauthals mit ein: »Wir fahren nach Italien!« Ich musste grinsen. Frieda hatte ganz rote Wangen bekommen. »Wir sind wie Verbrecher auf der Flucht! Wie bei den *Drei Fragezeichen kids*«, sagte er eifrig und fing an, uns die Handlung einer Geschichte detailliert zu beschreiben.

Der Regen hatte längst nachgelassen und die Sonne blitzte durch letzte Wolkenflusen, als Papa von der Autobahn abfuhr.

»Was machen wir hier?«, fragte ich und setzte mich auf.

»Wir besorgen uns das Nötigste: Decken, Zahnbürsten, ein paar frische Unterhosen und nicht zu vergessen: Badehosen! Aber vor allem etwas Leckeres zum Abendbrot.« Papa hielt auf dem riesigen Parkplatz eines noch riesigeren Supermarktes.

»Und eine Taucherbrille mit Schnorchel! Weil die haben wir ja gar nicht mitgenommen!«, ergänzte Frieda. Papa nickte.

»Was haltet ihr davon, wenn ihr schon mal nach

einem geeigneten Picknickplatz Ausschau haltet und ich besorge den ganzen Kram?«, schlug Papa vor und wies mit der Hand auf einen nur wenige Schritte entfernten Wald. »Das soll Kalle machen. Ich komme lieber mit dir mit, sonst kaufst du noch die falsche Taucherbrille!«

Während Papa und Frieda im Supermarkt verschwanden, schlenderte ich gemütlich los. Sobald ich ein Stück in den Wald gelaufen war, hörte man die nahe Autobahn kaum noch. Der weiche Boden verschluckte meine Schritte und unter den hohen Bäumen war es schattig und kühl. Wege gab es nicht, aber das störte mich nicht. Bald entdeckte ich ein wunderbares Plätzchen, das aussah, als hätte es nur auf uns gewartet. Ein kleiner Bach plätscherte fröhlich zwischen jungen Bäumen vor sich hin. Sein flaches Ufer war eindeutig für hungrige Italienurlauber vorgesehen.

Ich lief zurück zum Parkplatz, um Papa und Frieda den perfekten Picknickplatz zu zeigen. Papa schubste gerade mit der Schulter die Autotür zu. In seinen Armen stapelten sich Brot, Käse, Joghurt, Obst und Eis.

»Das Eis schmilzt bestimmt«, gab ich zu bedenken, als wir bei unserem Picknickplatz angekommen waren.

»Stimmt! Da müssen wir es wohl zuerst essen!«

»Vor dem Abendbrot?« Ich erkannte meinen Papa kaum wieder.

»Ja! Wenn schon gegen die Regeln, dann richtig!«, grinste er und zwinkerte mir zu.

»Ja, wenn schon, dann richtig!«, bekräftigte Frieda und biss genüsslich in sein schokoummanteltes Eis. Ich tat es ihm nach. Ich wollte wirklich kein Spielverderber sein. Aber heimlich machte ich mir doch ein bisschen Sorgen. Was sollte nur werden, wenn wir zurück waren? Schweigend futterten wir unseren Nachtisch und dann unser Abendbrot. Ich bemerkte, wie Papa mich beobachtete.

»Lecker!«, sagte ich schnell. Nach dem Essen begann Frieda im Fluss zu spielen und Papa rutschte zu mir ran.

»Lieber kleiner Kalle, ich sehe da ganz viele Sorgen hinter dieser Stirn.« Er schob meine braunen Haare zur Seite und fuhr mit

dem Finger über besagte Stirn. Ich senkte den Blick, aber er hob mein Kinn mit seinen noch etwas krümeligen Fingern an, sodass ich ihn ansehen musste.

»Pass auf: Ich verspreche dir, dass ich mich um alles kümmere und wieder ganz vernünftig werde, sobald wir zurück sind. Ich weiß jetzt noch nicht, wie ich das mache, aber mir wird etwas einfallen und es wird schon irgendwie weitergehen. Aber jetzt und für die nächsten paar Tage werden wir uns keine Gedanken darüber machen. Ich möchte weder in diesem braunen«, er tippte an mein linkes Auge, »noch in diesem blauen Auge«, er tippte an mein rechtes Auge, »irgendwelche Sorgen sehen. Hinter diesen Augen gab es schon viel zu viele Sorgenschatten für einen neunjährigen Jungen. In den nächsten Tagen wünsche ich mir unbesorgte Kalleaugen.« Seine blauen Papaaugen waren ganz nah vor meinen. Die sich aus Versehen schon wieder mit Tränen füllten. Mein Tränenbadewannenstöpsel schien noch immer nicht wieder an Ort und Stelle zu sein.

»Okay«, schniefte ich. Papa nahm mich in den Arm.

»Und ich schmeiße jetzt ein letztes Mal mein Handy an und suche uns den besten Weg nach Italien und dann bleibt es aus, bis wir nach Hause fahren! Du kannst ja schon mal die Schuhe ausziehen und deine Käsefüße in den Fluss halten. Ich komme dann gleich nach!«

Ja, und so haben wir es dann gemacht. Ich meine nicht nur, dass ich die Füße ins Wasser gehalten habe, sondern auch, dass ich die Sorgenschublade in meinem Kopf fest verschlossen habe. Wir sind noch lange am Fluss geblieben. Und am Ende waren nicht nur unsere Füße nass. Frieda ist sogar einmal aus Versehen ganz reingeplumpst. Also beim ersten Mal war es ein Versehen. Dann hat er sich immer wieder hineinplumpsen lassen. Wir haben gequatscht und gespielt und Frieda hat unter den Steinen im Fluss minikleine Krebswürmchen gefunden und sie mit einem leeren Joghurtbecher gefangen. Als es schon sehr dämmrig war und die Sonne orange durch die Zweige funkelte, fragte ich: »Wo übernachten wir eigentlich?«

»Ich würde vorschlagen, hier!«, antwortete Papa und wies auf unseren Picknickplatz.

»Hier? Voll cool! Lasse hat bestimmt noch nie im Wald geschlafen!« Frieda strahlte.

»Das glaub ich auch. Es ist so warm, da ist es hier sicher angenehmer als im Transporter. Und morgen früh geht's weiter!«

Nachdem Papa ein paar Decken und trockene Klamotten geholt hatte, machten wir es uns auf unserem Picknickplatz gemütlich.

Der Fluss gluckste leise und die Bäume raschelten ein bisschen. Hin und wieder hörte man einen LKW auf der Autobahn vorbeirauschen. Ich lag dicht an meinen Papa gekuschelt und hatte Frieda im Arm. Ich dachte, er sei schon eingeschlafen, denn er atmete ganz ruhig und hatte zweimal gezuckt. Doch da murmelte er plötzlich im Halbschlaf: »Das ist so schön hier in Italien!« Papa und ich sahen uns an und unterdrückten ein Prusten. Frieda dachte tatsächlich, wir wären schon in Italien!

Papa schlief auch bald ein. Er atmete ganz tief ein und aus und hin und wieder schmatzte er ein bisschen. Ich kicherte in mich hinein. Ob er wohl noch vom Käsebrot träumte? Ich lag noch ein bisschen wach und wunderte mich, dass ich es gar kein bisschen unheimlich fand. Dabei hätte ja ein Tier kommen können. Oder ein Mensch. Aber ich fühlte mich so sicher und aufgehoben, wie man sich überhaupt nur fühlen kann. Es knisterte und knackte, und der Fluss gluckste, und Papa und Frieda atmeten und schmatzten, und alles war gut.

Ein guter Bestimmer

Als ich am nächsten Morgen erwachte, merkte ich sofort, dass etwas komisch war. Ich ließ die Augen zu und überlegte. Dann fiel es mir ein: Der Glücksklumpen war wieder da! Klammheimlich musste er sich in der Nacht wieder bei mir eingenistet haben. Ich lächelte. Mir war kalt und ich wickelte die Decke fest um mich. Dann sah ich mich nach Papa und Frieda um. Papa kniete am Fluss und spritzte sich Wasser ins Gesicht.

»Guten Morgen, Kalle! Los, aufstehen, Italien wartet!«, rief er herüber.

»Mir ist kalt, Italien muss noch ein bisschen länger warten«, antwortete ich und rieb mir die Augen.

»Von wegen!«, meinte Papa und kam drohend auf mich zu. Er schnappte mich samt Decke und fing an mich auszukitzeln. »Nein! Hilfe!!«, schrie ich lachend, wand und wehrte mich und schaffte es, ihm zu entwischen. Ich rannte ein Stück in den Wald hinein und Papa nahm die Verfolgung auf. Ich sprang über Baumstämme und fühlte weiches Moos unter meinen Fußsohlen. Fast wäre ich mit Frieda zusammengestoßen, der einen riesigen Ast hinter sich herzog.

»Hilf mir lieber mal, du!«, schimpfte er. Aber ich rannte weiter und lachte und hörte Papa hinter mir keuchen.

»Okay, okay, du hast gewonnen! Ich kann nicht mehr!«, rief er und wir blieben stehen und keuchten und atmeten und ich fühlte mein Herz kräftig schlagen.

»Wir könnten ja auch einfach hierbleiben!«, schlug ich beim Frühstück vor, nachdem Frieda sehr wütend geworden war, als er erfahren hatte, dass dies gar nicht unser Urlaubsort war, sondern dass wir gleich ins Auto steigen und weiterfahren würden.

»Ich will überhaupt nicht in dieses blöde Italien!«, hatte er geschimpft und dabei in den Fluss gestampft, dass es nur so spritzte.

»Ich muss vielleicht auch gar nicht nach Italien«, sagte ich und zuckte die Schultern. Papa schüttelte den Kopf.

»Also, ich muss nach Italien! Ein Autobahnwäldchen an der A 3 ist doch nicht ganz das Gleiche. Kommt, auf geht's!«

»Immer willst du bestimmen! Das ist voll umfähr!«, schimpfte Frieda, der sich nicht so leicht besänftigen ließ. Erst als Papa ihm hoch und heilig versprochen hatte, dass wir auf dem Rückweg noch einmal hier anhalten würden, erklärte er sich bereit, uns nach Italien zu begleiten.

Auf dem Parkplatz stieg gerade ein Ehepaar aus ihrem Auto.

»Liefert die Post denn jetzt auch sonntags aus?«, fragte der Mann mit einem skeptischen Blick auf unser Postauto seine Frau.

»Nicht, dass ich wüsste«, antwortete diese. »Der Paketbote holt sich bestimmt nur ein Brötchen!«

»Darf der das denn? Mit dem Postauto?«

»Ach, was weiß denn ich! Jetzt komm!«

Papa ging langsamer und wir sahen uns an. Ich biss mir auf die Unterlippe.

»Wirklich ganz schön auffällig, so ein knallgelber Transporter«, bemerkte ich, als wir wieder im Auto saßen.

»Hmhm«, murmelte Papa.

Wir waren längst wieder auf der Autobahn und Frieda war eingeschlafen, als mein Blick auf das kleine Päckchen in der Seitentasche fiel.

»Du, Papa, ich muss dir noch was sagen ... Ich habe gestern vergessen, Herrn Krüger das Päckchen zu geben«, murmelte ich zerknirscht. Papa sah zu mir rüber.

»Das macht den Kohl jetzt auch nicht mehr fett. Dann haben wir insgesamt 7 Päckchen an Bord.«

»Und was machen wir damit?«

Ich dachte zuerst, Papa hätte meine Frage nicht gehört, denn es dauerte etwas, bis er antwortete: »Das weiß ich auch noch nicht.« Ich merkte, dass Papa nicht weiter darüber reden wollte, deshalb fragte ich nicht mehr, aber insgeheim überlegte ich, dass wir den Leuten einfach sagen könnten, dass ihre Pakete sich verspätet haben, weil irgendwo gestreikt wurde. Schließlich war das nicht mal so ganz gelogen. Streiken heißt ja, dass Leute nicht arbeiten, weil sie unzufrieden sind. Zum Beispiel, weil sie finden, sie bekommen zu wenig Geld. Dann gehen sie so lange nicht arbeiten, bis der Chef sagt, na gut, wir können ja mal überlegen, ob du ein bisschen mehr Geld bekommen solltest, und dann einigen sie sich. Und ich finde auf jeden Fall, Papa hat zu wenig Urlaub. Vielleicht können wir den Leuten sagen: »Entschuldigen Sie bitte, dass Ihr Päckchen zu spät kommt, es gab einen Streik.« Wir müssen ja nicht dazusagen, dass Papa allein gestreikt hat.

»Heute fahren wir bis nach Bayern, Morgen Österreich, Übermorgen Italien«, riss mich Papas Stimme aus meinen Gedanken. Ich musste grinsen. Das klang nach Abenteuer! Ich stellte das Radio lauter. Papa klopfte den Takt mit dem Daumen aufs Lenkrad.

Wir fuhren viele Stunden. Als Frieda wieder aufgewacht war, spielten wir: »Wer sieht als Erster ein blaues Auto« und »Ich sehe was, was du nicht siehst«, aber das ging nicht so gut, weil Frieda immer wieder Sachen aussuchte, die draußen waren. Wenn ich dann irgendwann aufgab, nachdem ich im ganzen Auto wirklich gar nichts mehr sah, das grün war, lachte er sich kaputt und sagte, er habe den Baum gemeint, der da vorhin neben der Tankstelle stand.

Irgendwann hielt Papa an einem Rastplatz und kaufte Brötchen und einen Comic für Frieda, der die letzte halbe Stunde herumgejammert hatte, ihm sei langweilig und er habe Hunger und überhaupt wolle er zurück in den Autobahnwald und nicht in das doofe Italien! Nur mühsam ließ Frieda sich überreden, nach dem Pipimachen nochmal einzusteigen. Er grummelte eine Zeit lang herum, dann sah er beleidigt aus dem Fenster. Diesmal musste ich wohl eingeschlafen sein, denn ich wurde wach, weil Frieda an mir rüttelte.

»Wach auf, Kalle, wir sind da!« Ich rieb mir die Augen und sah aus dem Fenster. Wir waren nicht mehr auf der Autobahn, sondern fuhren auf kurvigen Straßen zwischen Bergen hindurch. Um uns herum waren Wiesen mit Kühen, Wälder und Felder und dazwischen ein paar Häuser, die so aussahen, wie man Häuser malt: ein spitzes Dach, zwei Fenster, eine Tür und Blumen vor den Fenstern. »Das ist aber schön hier!«, meinte Frieda und drückte seine Nase gegen das Autofenster. »Und so sauber.«

»Wir suchen uns jetzt ein nettes Lokal und essen erst mal was, einverstanden?«, schlug Papa vor.

»Darf ich Pommes?« Frieda riss die Augen auf. Papa lachte.

»Ja, du darfst Pommes, wo du so toll durchgehalten hast!«

»Pommes! Pommes!«, rief Frieda glücklich und hüpfte im Autositz auf und ab. Papa hielt vor einem der sauberen Häuser. »Hubertusstüberl« stand dran.

»Kommt, wir setzen uns in den Biergarten!«, sagte Papa.

»Wächst da Bier?«, fragte Frieda erstaunt.

»Nein, das heißt einfach, dass man draußen sitzen kann«, erklärte ich ihm. Kurz nachdem wir uns hingesetzt hatten, erschien eine Frau in einem Kleid mit Schürze.

»Griaß God beinand!«, sagte sie und Papa bestellte für uns Pommes und Limo und für sich selbst ein Schnitzel. Als die Frau wieder weg war, flüsterte

Frieda: »Welche Sprache sprechen die denn in diesem Land?« Papa und ich tauschten einen Blick und ich strengte mich sehr an, nicht zu lachen. Wenn Frieda das Gefühl hat, ausgelacht zu werden, oder etwas Dummes gesagt zu haben wird er nämlich fuchsteufelswild. Ich erklärte ihm, dass Bayern zu Deutschland gehört und die Frau deutsch gesprochen habe. Das wollte Frieda jedoch nicht glauben.

»Nee, Kalle, das war kein Deutsch! Ich sprech ja deutsch und was die gesagt hat, konnte ich gar nicht verstehen!«

Nach dem Essen gingen wir zum Auto. Da blieb mein kleiner Bruder abrupt stehen. »Nein!«, rief er, verschränkte die Arme vor der Brust, schob die Unterlippe vor und funkelte uns unter zusammengezogenen Augenbrauen böse an. »Ich fahr jetzt nicht mehr Auto! Ich bin heute schon zehntausendhundert Stunden Auto gefahren! Meine Beine können überhaupt nicht mehr sitzen!« Papa ging zu ihm. »Das verstehe ich! Wo du ja auch so starke Beine hast! Da wollen die wahrscheinlich jetzt lieber über eine Wiese laufen? Und in einen Fluss springen?«

»Ja, genau!«

»Pass auf: Ich hab in dem Dorf vorhin ein Geschäft gesehen, da kaufen wir ein bisschen ein, dann steigst du ein allerletztes Mal in das Auto, nur ganz kurz, bis wir eine Wiese und einen Fluss gefunden haben, und dann musst du morgen den ganzen Tag nicht Auto fahren, sondern kannst mit deinen starken Beinen über Wiesen laufen, so viel du magst. Einverstanden?«

Nachdem wir ein paar Sachen eingekauft hatten, sagte Papa: »Steigt ihr schon mal ein, ich komme gleich!« Schwer bepackt mit einem Eimer, Tüten und einem Karton kam er kurze Zeit später zurück. »Was hast du denn da?«, fragte ich ihn. »Zeig ich dir später«, antwortete er und zwinkerte mir zu.

Wir fuhren eine schmale Straße bergauf. »So, Frieda, jetzt bist du der Chef! Du sagst, wo wir lang fahren!« Frieda wies Papa an, in einen kleinen Feldweg einzubiegen. Es ruckelte ganz schön, als wir zwischen Wiesen hindurch in einen Wald fuhren.

»Sollen wir hier parken?«, fragte Papa.

»Nein! Hier ist es mir zu düsterdunkel! Fahr hier runter!«

»Das ist aber ziemlich steil ...«

»Ich bin der Bestimmer!« Langsam holperte unser Postauto den Berg hinunter durch den Wald. Der

Weg machte eine Kurve und plötzlich fuhren wir aus dem Wald heraus. »Ooh …«, entfuhr es mir. Vor uns lag ein kleiner See und funkelte blau und einladend im Sonnenlicht. Papa machte den Motor aus.

»Ich fasse es nicht! Du bist ein ziemlich guter Bestimmer!«

Waldmatratze und Wasserkühlschrank

Frieda öffnete die Tür und zog sich noch währenddessen das T-Shirt aus.

»Ich geh schwimmen!«, rief er.

Papa sah mich an. »Na, mein Kalle? Alles in Ordnung?« Ich nickte. Wir sahen zu, wie Frieda auf dem Weg zum Wasser seine Klamotten von sich schmiss, bis er schließlich splitterfasernackt ins Wasser lief. »Kalt!«, schrie er und hüpfte von einem aufs andere Bein.

»Koooommmmt!«, rief er und winkte uns.

»Kommst du mit?«, fragte Papa.

»Ich such mal die Badehosen«, bot ich an.

»Ach Quatsch, Badehosen! Die brauchen wir hier doch nicht!«

Es war wirklich ziemlich kalt. Und ziemlich schön. Papa und ich schwammen ein Stück in den See hinaus, Frieda blieb am Ufer, er kann ja noch nicht richtig schwimmen. Das Wasser war ganz ruhig und man hörte nur das leise Plätschern unserer Schwimmzüge und unseren Atem. Zurück am Ufer durfte Frieda dann auf Papas Rücken mit hinausschwimmen, während ich mich in ein Handtuch wickelte, um mich in der Sonne aufzuwärmen. Frieda war gar nicht aus dem Wasser zu bekommen. Erst als Papa sagte, er brauche ihn jetzt aber unbedingt, um ein Lagerfeuer zu machen, kam er mit blaugefrorenen Lippen heraus. Wir sammelten Holz und Papa erklärte uns, wie man Feuer macht und worauf man unbedingt achten muss. Alles fühlte sich ganz leicht an und ich schaffte es eine ganze Zeit, mir keine Sorgen zu machen.

»Woher kannst du das denn alles?«, fragte Frieda ehrfürchtig.

»Von meinem Papa, eurem Opa. Mit dem war ich hin und wieder zelten.« Wir saßen um das knisternde Feuer und sahen den Flammen zu.

»Schön ist das. Aber mit Mama wär's noch schöner«, sagte Frieda und kletterte samt seiner Uschi auf meinen Schoß. Ich grub meine Nase in seine Locken. Am liebsten wär ich ganz in diese weichen, feuchten Friedalocken gekrochen.

Papa konnte nicht nur ein Lagerfeuer machen, sondern auch ganz wundervolle Pfannkuchen. Ich glaube, dass Pfannkuchen, die über einem Lagerfeuer gebrutzelt werden, sowieso noch mal viel besser schmecken als die normalen vom Herd.

»Kalle, ich habe vergessen, einen Pfannenwender zu besorgen, such mir doch mal bitte einen!«

»Wie meinst du das denn? Wo soll ich den denn suchen?«

»Einfach hier im Wald, ein flaches Holzstück oder so, mit dem ich die Pfannkuchen umdrehen kann.« Ich fand schnell ein Stück Rinde, Frieda wusch es diensteifrig im See ab und Papa sagte: »Also, einen besseren Pfannenwender hab ich überhaupt noch nicht gesehen!« Frieda war begeistert.

»Den nehmen wir mit, Papa, nicht wahr? Dann brauchen wir nie mehr einen zu kaufen!« Er wollte ihn unbedingt ausprobieren und guckte ganz enttäuscht, als der Pfannkuchen bei seinem Wendemanöver zerriss.

»Das macht gar nichts. In Österreich, wo wir morgen hinfahren, essen sie immer zerrissene Pfannkuchen. Das heißt dort Kaiserschmarren und ist eine Spezialität!«, tröstete ihn Papa.

»Nee, nee, nee, Papa. Nicht morgen! Du hast versprochen, dass meine Beine morgen den ganzen Tag über Wiesen rennen dürfen!« Frieda verschränkte die Arme vor der Brust und schob die Unterlippe vor.

»Und das halte ich auch! Du rennst mit deinen starken Beinen über alle Wiesen, die du finden kannst, und wenn du dann so richtig müde bist, steigen wir in unser Postauto und ich fahre uns durch die Nacht nach Österreich. Und wenn du aufwachst, sind wir schon da!«

Während wir auf einem Baumstamm unsere Pfannkuchen aßen, verschwand die Sonne langsam hinter einem Berg und leuchtete orangerot mit den glühenden Holzstücken um die Wette. Unser Lagerfeuer knackte, sonst war nur unser Geschmatze zu hören. Nach dem Essen wuschen wir die Pfanne im See ab.

»Was machst du denn mit der Milch? Gibst du den Fischen welche?«, fragte Frieda.

»Nein, ich lege sie ins Wasser, dann bleibt sie schön kühl«, antwortete Papa.

»Ein Wasserkühlschrank!«, strahlte Frieda. »Du bist aber schlau!«

Während Frieda durchs Wasser watete, um den

Fischen Gute Nacht zu sagen, kam Papa zu mir und wir gingen gemeinsam zum Postauto. Nachdenklich betrachtete er die Pakete im Laderaum.

»Ich werde sie unter das Regal schieben, dann haben wir mehr Platz«, sagte Papa. Er ruckelte einen scheinbar schweren Karton aus der Ecke. Weingut Moselperle, las ich darauf.

»Wird der Wein nicht schlecht?«, fragte ich.

»Hm, das wohl nicht, aber so richtig toll ist das im warmen Auto natürlich nicht …«

Die anderen Pakete waren kleiner.

»Das ist für Frau von Schwanhof, bestimmt ihr Rasensprenger … auf den wartet sie schon seit Tagen«, murmelte Papa und schüttelte ein längliches Päckchen. Ich half ihm, die Pakete unter dem Regal zu verstauen. Frieda steckte den Kopf durch die Schiebetür, seine Uschi unter dem Arm.

»Schlafen wir wieder draußen?«, fragte er.

»Ich habe noch eine andere Idee. Du könntest auch hier im Regal schlafen.« Papa zeigte auf das Regal neben sich, das tatsächlich wie ein zu klein geratenes Etagenbett aussah. Frieda strahlte. »Au ja! Ich schlafe im Regal!« Papa holte eine Decke.

»Früher, als es noch keine Matratzen gab, haben die Leute Heu oder Stroh in Säcke gestopft, damit es weicher ist. Was meinst du, sollen wir auch nach trockenem Laub suchen, und es hineinstopfen?«

»Au ja!«, flüsterte Frieda mit großen Augen. Obwohl es schon sehr dämmrig war, fanden wir Moos und Gras und Blätter und stopften alles ins Regal unter die Decke.

Vorsichtig legte Frieda sich auf seine Waldmatratze. Lange Zeit sagte er gar nichts.

»Warum haben die Leute denn irgendwann aufgehört, ihre Matratzen mir Waldzeug zu füllen?«, fragte er dann. »Das war nämlich ganz schön blöd. So eine Waldmatratze ist viel gemütlicher als alle Kaufmatratzen von der Welt!«

Frieda bestand darauf, dass wir auch einmal probelagen, und nacheinander zwängten wir uns ins Regal. Abgesehen davon, dass es für mich ein bisschen zu eng war, fühlte es sich wirklich weich an. Wenn man sich bewegte, knisterte es ein bisschen.

»Sehr gemütlich, Frieda. Und es duftet so gut!«

»Ja genau!«, antwortete er stolz. »Wenn ich groß bin, werde ich Waldmatratzenverkäufer, dann werde ich ganz reich. Papa und dir schenke ich die Matratze natürlich. Ganz für umsonst!«

Danach war Frieda nicht mehr aus seinem Waldbett herauszukriegen. »Ich glaube, Lasse hat noch nie in einem Regal mit Waldmatratze geschlafen!«, seufzte er.

Pinsel und Pizza

»Kalle, wach auf«, flüsterte Papa mir ins Ohr. Irritiert öffnete ich die Augen. Der See lag spiegelglatt und der dunkelblaue Himmel, der am Rand über den Baumwipfeln orange zu brennen schien, spiegelte sich darin. Am Wasser, direkt neben uns, standen zwei Rehe. In der Dämmerung waren nur ihre Umrisse zu erkennen. Das eine Reh drehte den Kopf in unsere Richtung und wackelte mit dem Schwanz. Das andere trank in tiefen Zügen, dann gingen sie gemächlich Richtung Wald davon. Ich hatte die ganze Zeit kaum zu atmen gewagt. Jetzt drehte ich mich zu Papa um. Wir grinsten uns an.

»Schlaf ruhig weiter, ich mach das Feuer wieder an«, flüsterte er. Ich kuschelte mich in die Decke und Papa stopfte seine noch zusätzlich um mich herum. Sie roch so gut nach Shampoo und Kaffee – wie mein Papa.

Trotzdem konnte ich nicht wieder einschlafen. Also sah ich zu, wie Papa sich Wasser ins Gesicht spritzte, dann für kurze Zeit im Wald verschwand und mit frischem Brennholz wiederkam, mit dem er das Feuer neu entfachte. Die ganze Zeit lag ich einfach da und

dachte gar nichts. Ich fühlte nur. Ich roch den Papaduft und den würzigen Rauch. Ich sah die Flammen, die die gleiche Farbe hatten wie der Himmel über den Bäumen, und hörte die Vögel, von denen sich immer mehr an einem Pieps-Gespräch zu beteiligen schienen. Und ich fühlte meinen Glücksklumpen. Er hatte sich verändert. War er anfangs noch in mir herumgewirbelt, schien er jetzt zu zerfließen und sich gleichmäßig in mir auszubreiten. Er überschwemmte meine Sorgenschublade und sickerte zwischen all die mitleidigen Blicke und klebriggutgemeinten Schulterklopfer, Kopfstreichler und Handaufleger der letzten Zeit. Nur eine einzelne geheime Insel blieb in meinem Glückssee übrig. Ich atmete tief ein.

Als ich Frieda zum Frühstück holen wollte, hing eines seiner Beine aus dem Regal und Blätter, Moos und Blüten hatten sich im ganzen Postauto verteilt. Wir ließen ihn schlafen und tranken Kakao und Kaffee, die Papa über dem Feuer gekocht hatte. Als wir dann allerdings durch den eiskalten See tobten, müssen wir ihn wohl mit unserem Gejauchze geweckt haben, denn plötzlich stand er, mit seiner Uschi unter dem Arm, völlig verschlafen am Ufer. Irgendwie hatte ich ihn plötzlich ganz doll lieb, wie er da so stand. So klein und lockig und verschlafen. Ich ging zu ihm und nahm ihn in eine Decke gewickelt auf den Schoß.

»Du bist nass!«, schimpfte er und schob meinen Kopf weg. »Das ist gemein, dass ihr ohne mich angefangen habt!« Er zog seine Augenbrauen zusammen und schob die Unterlippe vor.

»Dafür ist der Kakao schon fertig.« Papa reichte ihm einen dampfenden Becher. Als er dann noch in Windeseile Brote abwechselnd mit Wurst und Schokocreme schmierte, war Frieda besänftigt und futterte, bis sein Mund schokoladenbraun umrandet grinste.

»Verrätst du uns jetzt, was in dem Karton und den Tüten ist, die du gestern geholt hast?«, fragte ich neugierig.

»Pinsel und Farbe«, antwortete Papa. Ich runzelte die Stirn.

»Wofür das denn?«

»Ich habe mir gedacht, wir malen heute das Auto an.«

»Wir malen unser Auto an?«, fragte Frieda überrascht.

»Unser Postauto, genau. Mit dem leuchtenden Gelb erkennt jeder ja sofort, dass es ein Postauto ist. Und wenn wir nach Österreich und Italien fahren, werden sie sich bestimmt sehr wundern, wieso ein deutsches Postauto bei ihnen durch die Gegend fährt, noch dazu mit zwei Kindern an Bord. Also habe ich gedacht, wir malen das Auto an. Es ist ganz normale Farbe, kein Autolack. Das heißt, es wird nicht ewig halten. Schon beim nächsten Regen wird die Farbe verlaufen. Aber wenn die Wettervorhersage recht behält, bleibt es vorerst schön. Und wenn wir zurück sind, muss die Farbe sowieso runter. Was meint ihr?«

»Au ja, das sieht bestimmt toll aus«, freute sich Frieda. »Aber leider kann ich nur kurz helfen. Danach muss ich noch mehr Material für meine Waldmatratze suchen. Und dann muss ich ja auch noch über Wiesen laufen, mit meinen starken Beinen, denk dran!«

Ich war mir nicht ganz sicher. »Darf man das überhaupt?«, fragte ich vorsichtig. Ich wollte Papa nicht den Spaß verderben. Der lächelte und streichelte meine Wange.

»Ich kenne kein Gesetz, in dem steht, dass man Postautos nicht anmalen darf.«

Also legten wir gleich los. Papa bat mich, das Postauto mit Wasser aus dem See abzuwischen, weil dann die Farbe besser hielte. Als ich gerade zum See ging, um den Lappen auszuwaschen, sah ich plötzlich Frieda, der bis zu den Knien im Wasser stand und nacheinander die restlichen Wurstscheiben hineinplumpsen ließ.

»Frieda! Was machst du denn da? Bist du verrückt geworden? Fische mögen doch keine Wurst!«

Genervt verdrehte er die Augen über so viel Unwissenheit.

»Das ist doch nicht für die Fische! Ich tu die bloß in unseren Wasserkühlschrank.«

Als ich zum Auto zurückkam, hatte Papa schon die Farbreste, die er von der Malerei Schletzinger bekommen hatte, auf der Wiese ausgebreitet. Es gab viel blau, etwas grün und jede Menge dunkelrot. Fragend sah ich Papa an. Er drückte mir einen Pinsel in die Hand und sagte: »Fang einfach an. Es gibt kein richtig oder falsch. Es soll nur nicht mehr aussehen wie ein Postauto!«

Und in der Tat hatte sich die Sache mit dem Postauto schnell erledigt. Ich tauchte den Pinsel tief in die blaue Farbe und nahm mir die Schnauze vor. Die Farbe floss sämig wie Honig auf die gelbe Motorhaube. Zuverlässig fraß das Blau das Gelb. Es ging ganz leicht und ratzfatz sah das Auto von vorne schon ganz anders aus. Wenn man ganz genau schaute, sah man schon, dass die Farbe ungleichmäßiger verteilt und ein bisschen hubbeliger war als bei echtem Autolack. Von weiter weg sah es aber einfach aus wie ein blaues Auto. Während ich mich nun mit dem Grün an die Autotüren machte, pinselte Papa dort, wo ich nicht drankam. Als ich mich nach einiger Zeit umdrehte, sah ich Frieda, der gerade, die Zunge zwischen die Lippen geklemmt, den Hinterreifen blau anmalte.

»Frieda, doch nicht die Reifen! Oder hast du schon mal ein Auto mit angemalten Reifen gesehen?« Frieda stöhnte.

»Mann ey! Bist du dösig! Hast du schon mal ein Postauto mit angemalten Reifen gesehen? Eben ni-hicht! Hauptsache, es sieht nicht mehr wie ein Postauto aus!«

»Kommt mal hoch, ihr zwei!«, rief Papa in dem Moment. Er stand auf dem Autodach. Ich schaffte es allein zu ihm, indem ich mich zuerst auf den Fahrersitz stellte, von da aus in den Fensterrahmen trat und dann aufs Dach kletterte. Frieda wurde von Papa hochgezogen.

»Voll krass!«, kommentierte er begeistert. Von hier oben konnten wir den ganzen See überblicken. Das Autodach war von der Sonne ganz warm. Ich legte mich auf den Bauch. Frieda setzte sich neben mich und fing an, auf meinem Rücken herumzudrücken.

»Ich knete eine Pizza, ich knete eine Pizza!«, rief er und fing an, meinen Rücken wie Teig zu bearbeiten.

»Das machen wir manchmal im Kindergarten. Ina sagt, jeder muss mitmachen, weil dann kann man sich entspannen und wird ruhiger. Ich mach immer mit Lasse. Jeder darf dann eine Sache sagen, die auf die Pizza draufkommt.« Während er erzählte, belegte er meine Rückenpizza. Dann lachte er los. »Weißt du, was Lasse auf die Pizza getan hat?«, fragte Frieda und musste so lachen, dass er kaum sprechen konnte.

»Pupse! Er hat Pupse auf die Pizza getan!« Lachend stand Frieda auf und tat so, als ob er auf meinen Rücken pupste.

»Pups, pups, pups!« Er musste so lachen, dass er umfiel und sich kichernd auf dem Autodach wälzte. Es war so witzig, wie der glucksende, prustende Frieda sich auf dem Autodach schlapplachte und dazwischen immer wieder »Pups, pups« hervorstieß! Da mussten Papa und ich einfach mitlachen, bis uns die Tränen aus den Augen liefen und wir alle drei beinahe heruntergeplumpst wären. Wir lachten und lachten und lachten, bis Papa sagte: »So, jetzt ist aber genug gepupst, ihr Verrückten!« Und dann kletterten wir wieder auf den Boden.

Das Auto sah schon richtig gut aus, und überhaupt nicht mehr wie ein Postauto.

Die Schnauze war blau, die Fahrertür grün, der hintere Teil dunkelrot. Und ein Reifen blau. Ich ging zur anderen Seite, um die andere Tür ebenfalls grün zu malen. Leider reichte das grün nicht ganz, und ich musste noch ein bisschen mit blau fertig malen. Als ich aufsah, erblickte ich Frieda, der, einen rottropfenden Pinsel in der Hand, kritisch die Motorhaube betrachtete. Wieso die Motorhaube? Die war doch schon fertig gewesen!?

»Frieda, was hast du gemacht? Wieso malst du da lauter rote Kleckse auf die blaue Haube?«, fragte ich wütend.

Frieda verdrehte mal wieder die Augen. »Oh, das sind doch keine Kleckse, du Blödi! Das sind doch die Wurstscheiben im Wasserkühlschrank«, erklärte er. »Ich glaube, ich mal auch noch einen Fisch dazu.« Bevor ich protestieren konnte, rief Papa: »Kalle, Frieda, alle Mann ans Heck!« Wir flitzten zu ihm. Er stand vor den zwei Türen. Sie waren im oberen Teil rot, aber das meiste war noch knallgelb.

»Die Farben sind fast leer, wir müssen jetzt den Rest für die Türen verwenden, sonst schaffen wir es nicht, das ganze Gelb zu verdecken.«

Wir kratzten die Farbeimer aus bis zum letzten Tropfen und die Türen sahen aus wie ein Flickenteppich, aber wir hatten es geschafft: Nicht das klitzekleinste Fitzelbisschen gelb war übrig geblieben.

Den Rest des Tages vertrödelten wir einfach. Frieda war schwer beschäftigt, immer mehr und mehr Material für seine Waldmatratze heranzuschleppen. Wenn er so weitermachte, würde er vor lauter Blättern, Moos und Kräutern bald selbst nicht mehr ins Regal passen.

Nachdem wir bergeweise Käsebrote gegessen hatten (Wurst hatten wir ja nicht mehr), half ich Papa zusammenzuräumen. Frieda verabschiedete sich von den Fischen, dann kam er zum Auto. »Na gut, wir können jetzt in dieses Österreich mit den kaputten Pfannkuchen fahren. Meine Beine sind fertig gerannt. Die möchten jetzt in mein Waldbett!«

Als Frieda von Papa erfuhr, dass er auf keinen Fall während der Fahrt hinten im Laderaum im Regal liegen konnte, sondern angeschnallt im Kindersitz mitfahren musste, wurde er wütend.

»Das ist voll gemein, du hast gesagt, ich darf auf der Fahrt schlafen! Ohne meine Waldmatratze kann ich aber überhaupt nicht schlafen!«

»Frieda, das ist zu gefährlich im Regal! Wenn ich einmal scharf bremsen muss, fällst du raus und tust dir weh«, versuchte Papa die Sache zu erklären. Frieda hatte die Unterlippe vorgeschoben und die Augenbrauen zusammengezogen.

»Gar nicht fall ich aus dem Regal!«

»Frieda, du schläfst doch sonst auch im Kindersitz.«

»Das ging nur, bevor ich eine Waldmatratze hatte. Jetzt kann ich nur noch auf meiner Waldmatratze schlafen. Und überhaupt. Mama hätte mir das nämlich erlaubt. Die ist viel besser als du!«

»Ich habe eine Idee!«, rief ich schnell. »Papa, du hast doch diesen Einkaufsbeutel, kann ich den haben? Frieda, wir machen dir für die Fahrt einfach ein Waldkissen! Wir packen ein bisschen von deinen Waldsachen in den Stoffbeutel und knoten ihn oben zu. Dann kannst du wenigstens deinen Kopf darauf legen und daran riechen.«

»Was würde ich nur ohne dich tun, Kalle?«, raunte Papa mir zu, als Frieda endlich bereitwillig eingestiegen war, seine Uschi unter dem einen und sein Waldkissen unter dem anderen Arm. Wir fuhren in die Dämmerung hinein. Es war warm und durch das offene Fenster streichelte der laue Fahrtwind unsere nackten Arme und Beine. Es kam mir vor, als wären wir schon wochenlang unterwegs. Die Schule, unsere Wohnung, Willi Krüger mit seinem Dackel und Jonte mit seinen Brüdern schienen ganz weit weg. Und in diesem Moment wollte ich auf keinen Fall nach Hause. Hier, mit Papa, Frieda und dem bunten Postauto war ich gerade ganz genau richtig.

Das alte Lorchen

»Hiiiiiiiilllllffffeeeee!«, schrie Frieda. Ich fuhr aus dem Schlaf hoch und sah mich verwirrt um. Ich lag ausgestreckt auf den Autositzen, die Sonne schien zum Fenster hinein. Was war mit Frieda los? Und wo war er überhaupt? Ich beugte mich aus dem Fenster.

»Frieda? Wo bist du? Was ist los?«, rief ich.

»Kalle, rette mich! Ich bin hier, im Waldbett, und ein Monster will mich fressen!« Ich sprang aus dem Auto und ging zur Rückseite. Frieda hatte die Türen einen Spalt breit geöffnet und vor der Tür stand eine Kuh. Neugierig streckte sie ihren Hals und versuchte herauszufinden, wer da so schrie. Ich sah mich um. Das Auto stand am Rande einer Wiese. Weit und breit konnte ich kein anderes Auto sehen. Viel weiter unten am Berg erkannte ich einen Bauernhof. Ob diese Kuh dort hingehörte?

»Frieda, keine Angst, das ist kein Monster. Es ist eine Kuh.« Die Tür öffnete sich ein Stück weiter. Skeptisch sah Frieda die Kuh an.

»Die ist aber groß«, flüsterte er, vermutlich, damit die Kuh es nicht hörte. Das stimmte wirklich. So nah betrachtet war eine Kuh schon ziemlich groß. In dem

Moment schob die Kuh ihren Kopf näher an Frieda heran und streckte ihre lange Zunge heraus. Plötzlich bekam sie die Uschi zu fassen. Sie zog daran und versuchte sie zu fressen.

»Neeeeeiiiiin! Du blöde Kuh! Hör aaaaauuf!«, schrie Frieda da und zerrte seinerseits an der Uschi. Die Kuh machte erschrocken einen Satz rückwärts und ließ los. Unschlüssig sah sie noch einmal zum schreienden Frieda, dann drehte sie sich um, ging ein paar Schritte weiter und fing an zu grasen.

»Du hast sie in die Flucht geschlagen!«, gratulierte ich und kletterte zu ihm in den Laderaum. Doch Frieda war noch nicht zufrieden.

»Wo ist denn überhaupt Papa? Lässt uns hier einfach ganz allein auf einer Wiese voller Monster. Und Hunger hab ich auch!«

Wie sich herausstellte, war Papa zu Fuß zu dem Bauernhof gestapft, um uns etwas zu essen zu besorgen. Ziemlich außer Atem kam er kurze Zeit später den Berg wieder hochgestiefelt, um uns zu sagen, dass wir alle bei der Bauernfamilie zum Frühstück eingeladen seien. Zuerst weigerte sich Frieda, an der Monsterkuh vorbeizugehen. Aber als Papa erzählte, dass es auf dem Bauernhof auch Kinder in Friedas Alter gab, und Hühner und Kaninchen, kam er doch mit.

Drei Kinder gab es auf dem Hof. Zwei Jungs in Friedas Alter und ein älteres Mädchen. Gefrühstückt wurde draußen unter einer riesigen alten Buche.

»Das ist Milch von unseren Kühen und die Eier sind von unseren Hühnern«, erklärte einer der Jungen, an Frieda gewandt.

»Dafür hab ich ein Waldbett und Kalle kann Pfannenwender finden«, antwortete er, denn er hatte wohl das Gefühl, sich verteidigen zu müssen. Irritiert sah der Junge ihn an. Der Bauer, ein ruhiger, großer Mann mit freundlichen Augen lächelte.

»Das hört sich gut an. So jemanden können wir immer brauchen für die Arbeit auf dem Hof. Magst du Lorenz und Benjamin gleich mit den Hühnern helfen? Und mit den Kühen? Das alte Lorchen ist mal wieder ausgebüxt.«

»Wer ist denn das alte Lorchen?«, fragte Frieda skeptisch.

»Das ist eine von unseren Kühen. Sehr eigenwillig. Ständig büxt sie aus und geht ihre eigenen Wege.« Jetzt war Frieda ganz aufgeregt.

»Die hab ich gefunden! Die war bei unserem Auto. Sie wollte meine Uschi fressen!«, stieß er hervor.

»Dann los!«, rief einer der Bauernjungs und sprang auf.

»Komm!«, forderte der andere Frieda auf. Der zögerte kurz, nahm sich dann schnell noch ein Brötchen und rannte hinter den beiden her.

»Bleiben's zum Mittagessen?«, fragte die Bäuerin freundlich.

»Nein danke, wir wollen Ihnen keine Umstände machen. Es war wirklich sehr freundlich, dass sie uns zum Frühstück eingeladen haben«, antwortete Papa.

»Ach Schmarrn, Umstände! Die Jungs helfen jetzt ein bisschen auf dem Hof, das passt schon.«

»Na gut, vielen Dank. Wie kann ich mich denn nützlich machen?«

»Sie sind doch die Nacht durchgefahren, haben Sie erzählt? Dann schlafen Sie sich jetzt erst mal richtig aus. Hinterm Haus haben wir ein schattiges Plätzchen mit Hängematte. Und du? Kalle, richtig? Magst du mit der Elise in die Erdbeeren?«

Wie selbstverständlich hatte Elise mir einen Eimer in die Hand gedrückt und war voraus zum Erdbeerfeld gegangen.

»Du darfst nur die ganz roten pflücken, und nur die, die tiptop in Ordnung sind. Du musst sie so pflücken, dass noch ein, zwei Blätter mit dran bleiben, sonst läuft Saft raus. Und schön vorsichtig in den Eimer legen! Wenn sie matschig werden, bekomme ich Ärger.« Sie lächelte mich an. Zwischen ihren ziemlich langen Schneidezähnen prangte eine Lücke. »Du diese Reihe, ich die daneben.«

Ganz behutsam pflückte ich Beere für Beere. Dick und rot hingen sie an den dünnen grünen Ästen. Ich war so konzentriert, dass ich erst aufsah, als ich Elise lachen hörte.

»Wenn du in dem Tempo weiterarbeitest, schaffen wir das Feld nicht vor Weihnachten!«, rief sie und wies auf drei volle Eimer und bestimmt sechs Reihen, die sie leergepflückt hatte.

»Oh. Tut mir leid ... ich dachte nur ...«

»Schon gut! Wie schmecken sie dir denn?«

Ich sah Elise verblüfft an.

»Sag jetzt nicht, du hast noch keine probiert?!« Ich wurde rot.

»Komm mit! Pause!«, rief sie kichernd und lief kopfschüttelnd vor mir her. Ich folgte ihr zu einem kleinen Fluss, der sich kurvig durch eine Wiese schlängelte. Wir hielten unsere vom Erdbeersaft geröteten

Finger ins Wasser. Unter einer Brücke setzte sie sich auf einen Stein und stellte den Erdbeereimer neben sich.

»Bist du eigentlich immer so korrekt?«, fragte sie, schlenkerte mit den Beinen und angelte sich eine Beere aus dem Eimer. Ich zuckte die Schultern.

»Weiß nicht …«

»Na los, jetzt nimm dir endlich eine! Ich erlaube es dir«, sie nickte großzügig. Die Erdbeeren waren zuckersüß und wunderbar. Dazu tranken wir Wasser aus dem Fluss.

Als wir weiterpflückten, dachte ich über ihre Frage nach. Ja, tatsächlich tat ich wohl meistens, was man mir sagte. Andererseits war ich gerade mit meinem Papa, der keinen Urlaub hatte, in einem Auto, das uns nicht gehörte, nach Italien unterwegs. Das war immerhin überhaupt nicht korrekt.

Mit dem Bauch und acht Eimern voller Erdbeeren (fünf von Elise, drei von mir) kamen wir zurück zum Hof.

»Kalle, Kalle! Das glaubst du nich! Ich hab die Kuh gefangen!« Frieda kam auf mich zugestürmt, die Wangen rot vor Aufregung und Sonne. Er nahm meine Hand und zog mich mit sich.

»Ich musste die Arme ganz weit ausbreiten und immer so schschschschsch rufen, damit sie zur Weide läuft, und Benja hat auf einen Eimer gehauen und

Lorenz mit einem Stock gewedelt. Wir haben sie richtig erschreckt! Sie hat sich nicht an uns vorbeigetraut und ist schön Richtung Wiese gelaufen. Aber dann wollte sie nicht durchs Tor! Auf keinen Fall wollte sie dadurch!«

»Na, und was habt ihr dann gemacht?«, fragte ich.

»Ich! Ich hab was gemacht, nicht die anderen! Mir ist nämlich wieder eingefallen, dass die Kuh doch die Uschi so gut fand, und da hab ich mich auf die Weide gestellt und mit der Uschi gewedelt. Und stell dir vor: Die ist gekommen! Und da bin ich einfach – schwuppsdiwupps – unterm Zaun durch und Benja hat das Tor zugemacht. Zack, jetzt ist sie wieder drin!« Mit glänzenden Augen strahlte mein kleiner Bruder mich an.

»Mein lieber Scholli! Hat der Bauer gesagt!«

»Mein lieber Scholli, Frieda! Und das, wo du dich heute morgen noch kaum an der Kuh vorbeigetraut hast.«

»Aber Kühe sind gar nicht gefährlich!«, belehrte er mich altklug. »Lasse hat bestimmt richtig Angst vor Kühen, glaub ich.«

»Mittagessen!«, schallte es über den Hof und aus allen Winkeln, Ställen und Büschen kamen hungrige Helfer gelaufen. Ich hatte noch nie so viel Essen auf einem Tisch gesehen. Doch, vielleicht bei der goldenen Hochzeit meiner Großeltern. Da gab es so ein Buffet mit vielen silbernen Behältern und man konnte sich aus jedem etwas nehmen. Aber da waren ja auch viel mehr Leute. Diese Leute hier waren jedenfalls hungrig von der ganzen Arbeit. Alle aßen und erzählten und lachten. Mitten hinein in das fröhliche Mittagessen fragte Lorenz plötzlich: »Frieda, wo ist eigentlich deine Mama?«

Plötzlich war es still, so als wären alle Gespräche genau in dem Moment zu Ende gewesen. Frieda stopfte sich eine Kartoffel in den Mund und sagte an der Kartoffel vorbei: »Die is am Nordpol.«

»Am Nordpol? Du lügst!«, antwortete Lorenz.

»Gar nicht lüge ich!« Frieda war aufgesprungen. Papa legte ihm die Hand auf den Arm. »Stella forscht tatsächlich am Nordpol. Sie arbeitet auf einem riesigen Schiff, nimmt Proben, analysiert sie und hilft mit, den Klimawandel aufzuhalten.«

»Wow«, staunte die Bäuerin.

»Und deshalb ist sie jetzt für immer am Nordpol?«, hakte Lorenz nach.

»Nein.« Ich schüttelte den Kopf. »Noch ungefähr 247-mal schlafen, dann kommt sie wieder.«

Sie war nicht für immer weg, unsere Mama. Es fühlte sich nur manchmal so an.

Wir blieben auch noch den Abend und die ganze Nacht da. Irgendwann lief Papa mit zwei Flaschen Wein an mir vorbei. »Der wird im Auto eh schlecht!«, rief er.

Elise und ich spielten mit den Jungs Fußball, aber je müder sie wurden, desto mühsamer wurde es.

»Das war überhaupt gar kein Tor!«, beschwerte Frieda sich und stampfte mit seinem dreckigen, nackten Fuß auf.

»War es ja wohl!«, behauptete Benjamin.

»Das ist ja nicht zum Aushalten! Komm mal mit!«, raunte Elise mir ins Ohr und lief los Richtung Fluss. Ich beeilte mich hinterherzukommen, was gar nicht so leicht war. Elise kannte hier jeden Stein und sprang trotz der Dämmerung leichtfüßig voran.

»Hier ist es«, flüsterte sie und bremste mich, indem sie eine Hand nach hinten streckte. Wir schlichen voran. Ich hörte den Fluss glucksen.

»Was suchen wir denn?«, fragte ich leise. Sie antwortete nicht, sondern lief geduckt weiter.

»Hier. Siehst du den Stein dort? Das Loch? Da wohnt sie.«

»Wer?« Die Lücke war nicht groß, es konnte sich nur um eine Maus handeln, oder ...

»Eine Ringelnatter.«

»Eine Schlange?«

Elise nickte. »Ich hoffe es ist noch nicht zu spät. Sie schläft dort unter dem Stein, eigentlich müsste sie gleich kommen.« Gleich kommen? Das hieß also, sie war irgendwo hier draußen? Unwillkürlich stieg ich auf einen Stein. Elise grinste.

»Keine Angst, sie frisst nur Frösche und Insekten.

Solang du nicht quak sagst, kann nichts passieren«, kicherte sie. Sehr witzig.

»Da! Da ist sie!«

Lautlos glitt die Natter über die Steine hinweg. Es schien ihr keine Mühe zu bereiten, die Felsen zu erklimmen. »Ist sie nicht wunderschön?«, fragte Elise und umklammerte aufgeregt meinen Ärmel. Als die Schlange etwa einen Meter entfernt an uns vorbei in ihre Höhle glitt, erkannte ich zwei gelbe Flecken auf ihrem Kopf. »Hmhm«, murmelte ich.

»Komm, wir gehen zum Fluss«, sagte Elise kurz darauf wieder in normaler Lautstärke und ließ leider meinen Ärmel los. Wir kletterten die Felsen hinunter. Der Himmel sah aus, als gäbe es hier mehr Sterne als bei uns. Ich legte mich auf einen Felsbrocken. Es war jetzt schon

ziemlich dunkel geworden. Je dunkler es wurde, desto mehr Sterne erschienen am Himmel. Es sah aus, als gebe es mehr Sterne als Lücken dazwischen. Plötzlich fuhr ich auf.

»Ich muss zurück, Frieda sucht mich bestimmt schon!« Elise schlenkerte gelassen mit ihrem Fuß im Wasser.

»Pff, und wenn schon. Dein Papa ist doch da.« Stimmte auch wieder.

Allein hätte ich den Weg zurück nicht gefunden. Hier war es viel dunkler als zu Hause. Im Wald musste ich Elises Hand nehmen, weil ich sie kaum noch sehen konnte.

Als wir uns dem Hof näherten, leuchteten uns die dicken Kerzen, die auf dem Tisch brannten, den Weg. Die Erwachsenen lachten leise und als wir näher kamen, sah ich den schlafenden Frieda, der seinen Kopf auf Papas Schoß gelegt hatte.

»Kalle!«, sagte Papa und streckte die Hand nach mir aus. Ich setzte mich neben ihn. Die Luft war ganz weich. Ich legte den Kopf auf den Tisch und fühlte mich ein bisschen wie unter Wasser. Das Gemurmel der Erwachsenen, das flackernde Kerzenlicht, der Geruch von frisch gemähter Wiese vermischten sich und schwappten nicht mehr ganz bis in meinen Kopf.

»Komm, kleiner Kalle, wir gehen schlafen!«, flüsterte Papa irgendwann. Müde stapfte ich die Wiese hoch zum Postauto, während Papa Frieda wie ein

Baby in seinen Armen trug. Vorsichtig bugsierte Papa meinen Bruder in sein Waldbett. Ich hatte mich auf den Sitzen ausgestreckt. »Wo schläfst du denn?«, fragte ich.

»Ich habe eine alte Matratze von der Bäuerin bekommen, damit leg ich mich neben Frieda auf den Boden. Schlaf gut!« Obwohl ich meine Augen kaum noch offen halten konnte, sahen Papas Augen irgendwie heller aus. Ob das wegen des Mondlichtes war? Ich würde morgen früh noch mal nachsehen.

Niemandsland

»Du hast gesagt, hier gibt es überall zerrissene Pfannkuchen! Ich hab aber überhaupt noch keine gesehen!« Wütend stampfte Frieda mit dem Fuß auf. Verschlafen öffnete ich die Tür und blinzelte in die Sonne.

»Was ist los?«, fragte ich und kniff ein Auge zu.

»Papa is voll blöd! Immer wenn es schön is, will er weg! Immer will er bestimmen!«, schimpfte Frieda und schob die Unterlippe vor. Papa stand auf der Wiese, die Arme in die Seiten gestützt.

»Guten Morgen, Kalle. Ich habe Frieda gerade gesagt, dass wir heute weiter Richtung Italien fahren wollen.«

»Du! Du willst in das blöde Italien! Ich nicht! Und Kalle auch nicht, oder Kalle?« Frieda kam zu mir und nahm meine Hand.

»Ich finde es doch auch schön hier, aber wir können die Gastfreundschaft der Leute nicht ausnutzen. Das ist hier doch kein Hotel«, erklärte Papa.

»Aber die brauchen mich! Ich arbeite ja! Ich fang wieder Kühe und so! Du kannst ja nach Italien fahren und Kalle und ich bleiben hier!« Er sah zu mir hoch.

»Aber das Meer, Frieda! Wir wollten doch ans Meer, Muscheln sammeln«, versuchte ich Papa zu helfen. Frieda sah mich böse an und riss seine Hand weg.

»Blödes Kackmeer! Ich bleib hier!«, rief er, dann rannte er den Berg hinunter Richtung Bauernhof.

»Das kriegen wir schon hin«, tröstete ich Papa. Der grinste und nickte. Arm in Arm gingen wir hinter Frieda her.

»Ich habe gestern das Weinpaket aufgemacht«, sagte Papa.

»Hmhm«, murmelte ich. Ich mochte nicht so gern über die Päckchen reden, sie erinnerten mich zu doll an die Sorgenschublade.

»Ich werde den Leuten natürlich den Wein ersetzen, wenn wir zurück sind.« Ich nickte. Jetzt waren es noch 6 Päckchen.

»Ihr wollt heute schon weiter?«, fragte die Bäuerin, während sie Äpfel zerschnitt. Frieda war nirgendwo zu sehen. »Der ist direkt mit Benja und Lorenz abgedampft«, erklärte sie grinsend.

»Frieda will am liebsten hierbleiben«, sagte ich.

»Schon klar. Kaffee?« Papa nickte dankbar.

»Elise ist schon in den Erdbeeren. Kannst du ihr ein Brot bringen?« Ich sah Papa an.

»Abfahrt in einer Stunde.« Er zwinkerte mir zu.

»Auch schon wach?«, fragte Elise, als sie mich entdeckte.

»Ich soll dir das Brot bringen.«

»Danke. Gehen wir zum Fluss?« Es war schattig und kühl unter der Brücke und die Erdbeeren waren rot und süß.

»Wir fahren gleich weiter. Richtung Italien.« Als Elise nicht antwortete, fuhr ich fort.

»Frieda würde lieber hierbleiben.«

»Und du?«, fragte sie und watete durch den Fluss. Ich? Gute Frage.

»Wir wollten ja von Anfang an nach Italien«, antwortete ich ausweichend. Sie sah mich an. »Willst du denn nach Italien?« Ich hatte da noch gar nicht so richtig drüber nachgedacht. War das wichtig? Papa wollte nach Italien. Aber irgendwie ahnte ich, dass dies auch nicht die richtige Antwort für Elise war.

»Ich würde gern das Meer sehen«, antwortete ich wahrheitsgemäß.

»Verstehe ich. Vermisst du deine Mama?« Erschrocken sah ich sie an.

»Sie muss das machen, das ist wichtig. Und sie kommt ja wieder.«

Elise verdrehte die Augen.

»Du bist wie so ein Politiker im Fernsehen. Die bekommen auch immer eine Frage gestellt und antworten dann ganz andere Sachen. Als hätten sie die Frage nicht richtig verstanden.«

Ein kleiner Käfer krabbelte über meinen dicken Zeh. Elise biss in das mitgebrachte Brot. »Willste auch ein Stück?« Ich schüttelte den Kopf. Der Fluss gluckste und wir saßen unter der Brücke wie in einer Höhle.

»Ja«, sagte ich leise, »ich vermisse sie. Sehr.«

»Ich glaube, dein Papa auch. Komm mit, ich hab noch was für dich.«

Als wir zum Hof kamen, stand ein strahlender Frieda neben Papa.

»Da bist du ja endlich, Kalle! Wir wollen doch zum Meer!« Erstaunt sah ich ihn an. »Benja und Lorenz waren noch nie am Meer. Ich sammle eine Muschel für sie, und dann schicke ich sie ihnen. Mit einem richtigen Päckchen.« Papa lächelte stolz. Elise winkte mich von der Tür aus zu sich.

»Moment noch«, rief ich und lief zu ihr.

»Hier, das ist für dich. Das ist eine echte Schlangenhaut.« Sie gab mir einen gräulichen Schlauch. Die Schlangenhaut fühlte sich rau und dünn an. Das typische Muster war gut zu erkennen.

»Oh, wow, toll«, staunte ich. Sie lächelte.

»Ich hab nichts für dich«, murmelte ich zerknirscht.

»Du kannst mir ja auch 'ne Muschel schicken«, schlug sie vor.

»Das mache ich, versprochen! Und: Danke! Die

Schlangenhaut ist total cool!« Ich glaube, ich wurde rot.

Auf der Fahrt durfte Frieda sich die Schlangenhaut anschauen. Ehrfürchtig strich er darüber.

»Ooohh. Da schauerts mich. Stell dir vor, da war eine echte Schlange drin! Die müssen wir Mama zeigen!« Es war einen Moment still.

»Das machen wir«, sagte Papa.

Als ich die Schlangenhaut vorsichtig in das Fach in meiner Tür legte, stießen meine Finger gegen ein Päckchen. Richtig! Das Päckchen für Willi Krüger … Ich nahm es in die Hand.

»Was ist das?«, fragte Frieda. Als ich es ihm erklärt hatte, sagte er: »Da sind bestimmt Würstchen drin.« Er kicherte. »Mach mal auf!«

»Das darf man nicht«, erklärte ich ihm.

»Hat Papa aber auch gemacht. Und Herr Krüger schimpft sowieso nich.« Ich sah, wie Papa sich ein Grinsen verkniff. Dann zwinkerte er mir zu. Langsam riss ich den perforierten Pappstreifen ab. So korrekt war ich wohl doch nicht.

»Ein Buch! Mit Heini vorne drauf. Ist das ein Buch über Heini?«

Dackel – Haltung und Erziehung. »Nein, das ist ein Buch über Dackel, also über diese Hunderasse. Wie man denen was beibringt«, erklärte ich.

»Oh, lies mal vor!«, befahl Frieda, lehnte sich zurück und stopfte sich eine von den Erdbeeren in den Mund, die die Bäuerin uns eingepackt hatte. Also las ich. Wir lernten viel über Dackel auf dieser Fahrt. Zum Beispiel, dass es Langhaar-, Kurzhaar- und Rauhaardackel gibt.

»Is doch wie bei den Menschen«, meinte Frieda. »Es gibt auch Langhaar-, Kurzhaar- und Rauhaarmenschen. Und Lockenhaarmenschen«, fügte er nach einiger Überlegung hinzu.

»Und Keinhaarmenschen«, ergänzte ich.

Manchmal sagte Frieda: »Das ist langweilig, blätter mal weiter!« Aber als wir zu den *Einsatzmöglichkeiten bei der Jagd* kamen, war er tief beeindruckt und vergaß sogar, sich die nächste Erdbeere in den Mund zu stecken.

»Die kriechen so richtig in die Höhlen von den Füchsen rein? Macht der Heini das auch?«

»Nein, das glaub ich nicht«, meinte Papa. »Herr Krüger ist ja kein Jäger.«

»Aber vielleicht will er Heini das beibringen, wo er sich doch das Buch bestellt hat. Hoffentlich macht er das nicht! Das ist doch so eng in solchen Gängen. Da kann der Heini vielleicht gar nicht zurück, wenn er keine Lust mehr hat. Ich sag Herrn Krüger lieber, dass er das nicht machen soll.«

Dann musste ich aufhören zu lesen, weil mir ein bisschen schlecht war. Die Straße war sehr kurvig und schlängelte sich bergauf und bergab.

»So Jungs, aufgepasst, jetzt dauert es nicht mehr lang. Gleich sind wir in Italien!«, sagte Papa da. Frieda setzte sich auf und sah gespannt aus dem Fenster. Ich sah ein blaues Schild mit gelben Sternen, auf dem stand Österreich durchgestrichen. »Fünf, Vier, Drei, Zwei, Eins«, zählte Papa. »Italien!!« Ein blaues Schild mit gelben Sternen. Italia, stand darauf. Frieda reckte den Hals.

»Aber wo ist denn jetzt das Meer?«, fragte er enttäuscht. »Ich glaub, du bist in das falsche Italien gefahren. Hier sieht's genauso aus wie in Österreich.«

»Keine Sorge Frieda, es ist das richtige Italien. Italien liegt nicht nur am Mittelmeer, Italien hat auch

Berge und Seen und Städte. Du wirst sehen, die Berge werden jetzt immer flacher und in spätestens zwei Stunden sind wir am Meer.« Papa strahlte.

»Da hätten wir ja gleich in Österreich bleiben können!«, nörgelte Frieda.

»Ich dachte, da ist eine Grenze«, wunderte ich mich.

»Das war die Grenze. Was dachtest du, was da ist?«

»Na, einfach irgendwas. Dass man so richtig merkt, dass man in einem anderen Land ist, eine Schranke oder so. Wenn man durch den Wald neben

der Straße geht, kriegt man das ja gar nicht mit, dass man plötzlich nicht mehr in Österreich ist. Und was ist eigentlich in dem Stück dazwischen? Da wo Österreich schon durchgestrichen war und Italien noch nicht angefangen hatte?«

»Hm, gute Frage. Niemandsland?«

»Niemandsland? Oh, cool! Gehört das noch keinem? Dann nehm ich das!«, rief Frieda.

»Au ja! Dann bist du der König vom Niemandsland«, schlug Papa vor.

»Au ja, au ja! Da kann ich alles bestimmen!« König Frieda strahlte.

»Dann kannst du es ja Friedaland nennen«, hatte ich auch eine Idee.

»Nee, nich Friedaland, das muss viel gefährlicher sein.« Er überlegte. »Feuerdrachenland oder Dinoland«, rief er.

»Land der tausend Echsen«, fiel Papa ein.

»Au ja! Das ist super!« Beeindruckt sah er Papa an. »Ich wusste gar nicht, dass du dir so gute Namen ausdenken kannst«, sagte er. Papa lächelte.

»Und dann baust du dir ein Echsenschloss und der Eingang ist das Maul einer großen Echse mit ganz scharfen Zähnen«, sponn er weiter.

»Uh, dann musst du aber mit einziehen, Kalle, sonst gruselt es mich«, meinte Frieda und nahm meine Hand.

»Na klar! Und außerdem kaufen wir uns einen

Dackel, der uns immer beschützt und sammeln jeden Tag Zeug für deine Waldmatratzen.« Frieda lachte. »Oh ja! Na, da wird Lasse aber staunen, wenn er mich mal besucht!«

Der Held

Tatsächlich wurde es flacher und irgendwie sah es doch anders aus als in Österreich. Dort sah es überall wie frisch gestrichen und gerade geputzt aus. Hier in Italien war es mehr durcheinander. Ich fand, es sah gemütlich aus, als ob es auch von allen benutzt wird.

Unsere Vermieterin Frau Schmidtchen hat in ihrer Wohnung ein Regal, auf dem stehen Clownpuppen. Als wir sie mal besucht haben, hat Frieda gefragt, ob er eine zum Spielen haben kann. Frau Schmidtchen hat ganz entsetzt geguckt und gesagt: »Nein! Die sind doch nicht zum Spielen da!«

»Wofür sind die denn sonst?«, hat Frieda gefragt und sie hat gesagt: »Na zum Anschauen!« Österreich sieht jedenfalls eher so aus, wie die Wohnung von Frau Schmidtchen und Italien mehr so wie unsere Wohnung. Da darf man mit den Spielsachen spielen.

Schön finde ich, dass die Häuser hier oft bunt sind. Die Farbe ist zwar manchmal an einer Ecke schon ein bisschen ab, aber das macht nichts. Es gibt rosane und gelbe und manchmal hellblaue Häuser.

Mit den zwei Stunden hat es dann doch nicht geklappt. Erst mussten wir tanken und dann hatte Frieda Hunger und wir haben Pizza gegessen. Papa hat gesagt, Pizza schmeckt in Italien am besten und das stimmte wirklich. Als wir weitergefahren sind, habe ich dann noch ein bisschen aus dem Dackelbuch gelesen, aber irgendwann ist Frieda eingeschlafen. Und weil es so warm war und so schaukelig, muss ich auch eingedöst sein.

Als ich die Augen aufschlug, stand das Auto still. Ich brauchte einen Moment, um zu mir zu kommen. Neben mir sah ich den schlafenden Frieda, mit offenem Mund und roten Wangen und seiner Uschi in der Hand. Papa hatte die Arme um das Lenkrad geschlungen und sein Kinn darauf gestützt. Ich folgte seinem Blick. Vor dem Auto begann der Sand. Er sah im Licht der Abenddämmerung fast golden aus. Der Himmel leuchtete dunkelblau und orange. Leise drangen die Stimmen einiger Familien zu uns, die wie auf kleinen Inseln voller Decken, Stühlen und Schirmen über der Sandfläche verteilt saßen. Und da, ein Stück weiter vorne, sah ich es das erste Mal: Das Meer. Dunkelblau mit hunderten, nein tausenden Glitzerpünktchen schwappte es gelassen an den Strand. Unendlich, war das Erste, was mir einfiel. So weit man sehen konnte: Meer. Es schien mir, als gingen Himmel und Meer direkt ineinander über. In dem Moment merkte ich, dass Papa mich ansah.

»Wir sind da, Kalle. Wir sind am Meer«, sagte er und lächelte.

»Frieda, wach auf! Wir sind am Meer!« Ich ruckelte ihn ein bisschen. Diesen Moment durfte er jetzt echt nicht verschlafen.

»Was?«, murmelte er verpennt und rieb sich die Augen. Papa schnallte ihn ab und zog ihn auf seinen Schoß. Friedas Locken klebten verschwitzt an seinem Kopf und er rollte sich zusammen. Papa nahm ihn auf den Arm und trug ihn Richtung Meer. Ich sprang ebenfalls aus dem Auto und lief barfuß durch den Sand. Irgendetwas in meiner Kehle gluckste komisch und ich rannte los. Also eigentlich rannten meine Füße ganz alleine, ohne dass ich das geplant hatte. Sie rannten und der Sand war weich und genau richtig warm, und meine Füße waren stark und schnell. Sie rannten, bis ich im Wasser stand. Kühl und sanft umspülten die Wellen meine Füße. Ich wühlte die Zehen in den nassen Sand und atmete tief, so tief wie noch nie im Leben. Ich fühlte, wie doll ich lächelte und drehte mich zu Papa und Frieda um. Mein Bruder hatte den Kopf auf Papas Schulter gelegt und blinzelte ungläubig.

»Frieda, wir sind am Meer!«, rief ich. Frieda richtete sich auf, ließ sich von Papas Arm gleiten und lief ein paar Schritte auf mich zu. Zögerlich watete er ins

Wasser und nahm meine Hand. Ich glaube, wir haben eine ganze Zeit nur dagestanden und geschaut und gefühlt und gestaunt. Irgendwann ist Frieda dann zurück zu Papa gelaufen, der sich in den Sand gesetzt hatte und uns zusah. Dann hat er sich komplett ausgezogen und ist nackig ins Wasser gerannt. Ich habe mir lieber meine Badehose geholt, aber dann sind wir durchs Meer getobt, bis es so dunkel wurde, dass man kaum noch etwas sehen konnte.

»Ich muss mal!«, sagte Frieda, nachdem Papa uns trocken gerubbelt hatte.

»Kommt, wir gehen zu der Bar dort am Parkplatz. Da gibt es sicher eine Toilette und vielleicht bekommen wir dort auch etwas zum Abendbrot«, schlug Papa vor.

»A Mario« stand auf dem Schild über einem weißen kleinen Gebäude am Ende des Strandes. Davor standen Tische und Stühle unter Sonnenschirmen. Ein Mann fegte gerade den Sand zusammen.

»Ciao Mario«, sagte Papa zu dem Mann. Ich sah ihn erstaunt an. Der Mann drehte sich zu uns um. Er war nicht besonders groß und hatte einen buschigen, grau-schwarzen Haarkranz um eine braungebrannte Glatze. Prüfend sah er Papa an, runzelte die ebenfalls buschigen Augenbrauen, dann breitete sich langsam ein Lächeln auf seinem Gesicht aus. »Konrad?«, fragte er.

»Woher weiß der denn, wie du heißt?«, fragte Frieda und das wollte ich auch gern wissen. Papa hatte uns aber nicht zugehört. Er ging auf Mario zu und die beiden umarmten sich.

»Konrad! Was für eine Überraschung!«

»Mario, ich freue mich, dich wiederzusehen! Das

sind meine Söhne: Kalle und Friedrich«, stellte Papa uns vor.

»Oh! Deine Söhne! Wie wunderbar!« Mario kam zu uns und küsste zuerst mich auf den Kopf, dann ging er zu Frieda. Der versteckte sich hinter mir.

»Nee du, nich küssen!«, sagte er. Mario strahlte uns bewundernd an. Dann drehte er sich wieder zu Papa um. »Wo ist Stella?«

»Kennst du unsere Mama?«, fragte Frieda und lugte hinter meinem Rücken hervor.

»Oh ja! Ich kenne eure wunderschöne Mama.« Mario sah sich suchend um.

»Die ist nicht hier, sie ist am Nordpol und rettet die Welt«, erklärte Frieda.

»Oh«, murmelte Mario und sah ihn irritiert an.

»Ich erkläre dir alles morgen. Wenn du nichts dagegen hast, würden wir gern ein paar Tage bleiben. Können wir unser Auto dort stehen lassen? Und dürfen wir vielleicht die Toilette benutzen?«, fragte Papa.

»Natürlich, natürlich! Du störst nie, Konrad. Was bin ich für ein Gastgeber! Herzlich Willkommen in La Cove bei Mario. Setzt euch, setzt euch!« Er lief ins Innere der Bar und kam mit zwei Limonadeflaschen samt Strohhalmen und zwei Bier zurück.

»Du kannst gerne hierbleiben, Konrad. Bleib, so lange du willst! Ich habe nicht vergessen, was du für uns getan hast! Nie werde ich das vergessen! Du bist hier immer willkommen. Hat euer Papa euch erzählt, wie er mir geholfen hat, damals? Bei dem großen Unwetter?« Frieda und ich schüttelten den Kopf. Mario setzte sich auf.

»Was? Du hast es ihnen nicht erzählt?«, ungläubig sah er unseren Papa an. Na, jetzt war ich aber gespannt.

»Es war ein wundervoller Sommertag, viele Gäste. Plötzlich wurde der Himmel ganz schwarz. Sturm kam auf, die Handtücher von den Touristen, Luftmatratzen, alles flog durch die Luft. Selbst die Sonnenschirme flogen weg. Und dann fing es an zu hageln. So was habt ihr noch nicht gesehen! Hagelkörner, so groß!« Er ballte seine Hand zur Faust.

»Konrad und Stella waren hier im Urlaub. Als es losging, sind sie sofort aufgesprungen und haben geholfen. Stühle und Tische in Sicherheit gebracht, Schirme eingefangen. Und auf einmal ruft meine Frau: »Antonia! Sie ist mit dem Boot raus!« Antonia ist unsere Tochter, sie war damals ungefähr so alt wie du.« Mario zeigte auf mich.

»Konrad hat nicht eine Minute überlegt! Er hat sein T-Shirt ausgezogen und ist bei Sturm und Hagel ins Meer. Das Schlauchboot war nicht weit vom Ufer und Antonia konnte gut schwimmen, aber der Sturm war stärker als sie, und man konnte kaum etwas sehen vor lauter Hagel. Konrad zog sie mit dem Boot an Land. Wahrscheinlich hat er ihr das Leben gerettet.«

Mario strich sich über das Kinn und ich hatte das Gefühl, er konnte sich noch genau an den Tag und den Schrecken erinnern. Er blickte in die Ferne und schien uns für einen Moment vergessen zu haben. Dann legte er seine Hand auf Papas Schulter und sagte: »Für Konrad und seine Familie ist hier immer Platz.«

Papa lächelte unsicher und sah aus, als wäre es ihm ein bisschen peinlich, so gelobt zu werden. Warum hatte er uns die Geschichte bloß nie erzählt?

»Dann bist du ja ein Held«, staunte Frieda. Papa schüttelte den Kopf. »Quatsch!«

»Nein! Gar kein Quatsch! Dein Papa ist ein richtiger Held! Und die Kinder von Helden bekommen bei mir so viel Eis wie sie wollen und zwar umsonst«, rief Mario, schnappte sich den überraschten Frieda, schwang ihn auf seine Hüfte und trug ihn hinter die Bar. Angesichts der vielen Eisbehälter vergaß mein Bruder glatt zu demonstrieren.

»Welches Eis magst du?«

»Mit Schokostückchen«, kam es wie aus der Pistole geschossen.

»Einmal Straciatella, bravo!«

Es war die erste von unzähligen Eiskugeln, die mein Bruder in den nächsten Tagen in sich hineinstopfte. Aber wann bekommt man schon mal so viel Eis wie man möchte geschenkt!? Mario und unser Heldenpapa redeten noch lange miteinander, während

Frieda und ich im Sand spielten. Schließlich halfen wir Mario, die restlichen Tische abzuwischen und die Stühle zusammenzustellen.

»Maria wird Augen machen! Sie wird sich so freuen, dich zu sehen! Ihr müsst morgen unbedingt im Café vorbeikommen.« Ein breites Lächeln erschien auf seinem Gesicht. »Ich bringe auch eine Überraschung mit.«

Papa, Frieda und ich putzten unsere Zähne mit den Füßen im Sand. Der Waschraum, der zum Café gehörte, war einfach zu klein.

»Papa, können wir denn jetzt bitte mal ein bisschen hierbleiben und nicht weiterfahren?«, fragte Frieda und nahm Papas Hand.

»Auf jeden Fall, kleiner Mann! Den Rest unseres Urlaubs bleiben wir hier, versprochen.« Zufrieden krabbelte Frieda ins Regal auf seine Waldmatratze und ich streckte mich auf den Sitzen aus. Wir waren tatsächlich in Italien! Das Glück schwappte durch mich durch.

Glückstage

Ich wurde wach, weil mir unglaublich warm war. Die Sonne schien durchs Seitenfenster und mein T-Shirt war ganz feucht. Ich richtete mich auf. Am Strand war noch nicht viel los, erst drei, vier Familien hatten ihre Decken ausgebreitet. Erstaunt sah ich, dass das Meer über Nacht seine Farbe gewechselt hatte. Statt dem satten Blau von gestern Abend leuchtete es nun türkis und hellblau. Ich stieg aus und ging um das Auto herum, um zu sehen, ob Papa und Frieda schon wach waren. Die Tür stand offen, aber von den beiden war nichts zu sehen. Ich suchte mir ein frisches Shirt heraus und ging auf die Suche. Da ich sie nirgendwo sehen konnte, ging ich in die Bar, vielleicht wusste Mario, wo ich sie finden konnte?

»Kalle! Bongiorno! Maria! Maria, komm schnell! Er ist hier!«, rief Mario von seinem Platz hinter der Theke.

Eine kleine Frau mit dunklen Locken kam aus einem Nebenraum, wahrscheinlich der Küche, und ging um die Theke herum auf mich zu. Sie strahlte.

»Du bist Kalle, Konrads Sohn. Benvenuti fratellino!« Sie nahm mich in den Arm und sagte irgendetwas auf italienisch. Es war mir zwar ein bisschen peinlich, weil ich sie ja gar nicht kannte, aber sie freute sich anscheinend so doll, mich zu sehen, dass es trotzdem irgendwie schön war.

»Wo sind denn Frieda und Papa?«, fragte ich.

»Sie sind kurz einkaufen, kommen gleich wieder. Viola ist mit ihnen gegangen und zeigt, wo alles ist. Magst du einen Kakao?«

»Ja, gerne, vielen Dank.« Maria eilte hinter die Theke und machte mir eine riesige Tasse Kakao, während ich auf einen der Barhocker kletterte. Sie setzte sich zu mir.

»Mario hat mir gestern Abend erzählt, dass ihr da seid. Konrad und seine Söhne! Ich freue mich so!« Ich lächelte ein bisschen.

»Danke.«

»Ach, so ein höfliches Kind! Aber warum ist deine Mama nicht hier? Warum lässt sie euch einfach allein?« Sie runzelte die Stirn.

»Sie muss arbeiten. Sie forscht für das Klima, das ist ganz wichtig«, erklärte ich.

»Arbeiten!«, murmelte sie verächtlich. »Lässt euch ganz allein!« Mario sah sie über die Theke hinweg streng an.

»Aber wir sind ja gar nicht allein! Papa ist ja bei uns. Ich finde das gar nicht so schlimm.«

In dem Moment betraten Papa, Frieda und ein Mädchen die Bar. Das Mädchen war etwa einen halben Kopf größer als Frieda, trug einen pinken Glitzerbadeanzug und auf ihren kurzen braunen Locken eine goldene Plastikkrone.

»Kalle!«, rief Frieda und kam zu mir gelaufen. »Das ist Viola. Sie ist die Überraschung. Sie kennt hier alles und sie traut sich, Krebse anzufassen«, erzählte er ehrfürchtig.

»Guten Morgen, Kalle!« Papa strubbelte mir durch die Haare. »Alles in Ordnung?« Ich nickte. Viola beäugte mich skeptisch. Von Papa erfuhr ich, dass ihre Mutter in der Stadt arbeitete, und sie deshalb den Sommer mit ihren Großeltern am Meer verbrachte. Frieda ging hinter die Theke, zupfte Mario am Hosenbein und sagte: »Einmal schwarzer Teller bitte!« Mario sah uns fragend an. Papa und ich zuckten mit den Schultern. Was wollte Frieda?

»Ragazzino, was willst du?«, fragte Mario und beugte sich zu ihm hinunter, um ihn besser hören zu können.

»Na, einmal schwarzer Teller! Du hast doch gesagt ich darf so viel Eis, wie ich will«, antwortete mein Bruder und runzelte die Stirn.

»Ah!« Marios Gesicht begann zu strahlen. »Straciatella! Einmal Straciatella, hast du gesagt.« Eifrig zog er den Eislöffel aus dem Wasserbad.

»Ich nehme auch einmal Stra-cia-tel-la«, erklärte Viola, wobei sie jede Silbe betonte und Frieda streng ansah. Ich grinste.

Nachdem Frieda und Viola ihr Eis geschleckt hatten, stand sie auf und nahm Friedas Hand. »Wir gehen jetzt Krebse anfassen!«, sagte sie und zog ihn hinter sich her.

Wenig später holte ich mein Handtuch aus dem Auto und lief durch den Sand. Das Meer war so warm und weich, dass man richtig lange drin bleiben konnte, ohne zu frieren. Und es war so klar und durchsichtig! Also, Wasser ist ja immer durchsichtig, aber hier konnte man bis zum Grund gucken und die Steinchen und Muscheln am Meeresgrund sehen. Wenn ich ein, zwei Minuten auf einer Stelle stehen blieb, kam ein Schwarm kleiner weißdurchsichtiger Fische herangeschwommen. Zuerst hab ich mich ein bisschen erschreckt, weil ich dachte, sie wollen mich anknabbern. Aber sie haben gar nichts gemacht und sind nur neugierig um mich herumgeschwommen. Ich würde Frieda mal fragen, ob ich seine Taucherbrille ausleihen durfte. Dann konnte ich sie mir mal aus der Nähe ansehen.

Als ich mich nach Papa umsah, entdeckte ich ihn am Ufer. Er stand mit den Füßen im Wasser und blickte suchend auf den Boden.

»Was machst du?«, fragte ich. Er sah auf. »Ich will mal ausprobieren, ob ich es noch kann.« Er bückte sich und hob etwas auf.

»Der sieht gut aus«, murmelte er, dann schwang er seinen rechten Arm nach hinten, ging leicht in die Knie und schleuderte einen kleinen Stein Richtung Meer. Der Stein flog in einer flachen Linie, titschte kurz auf die Wasseroberfläche, sprang wieder hoch, titschte ein zweites Mal, dann ging er unter. Papa fuhr sich durch die Haare.

»Das konnte ich schon mal besser! Als ich das letzte Mal hier war, war zehnmal mein Rekord!«

»Wow! Wie macht man das?«

»Ich zeig es dir!« Papa erklärte mir, dass man erst mal einen geeigneten Stein finden musste. Flach musste er sein und ungefähr so groß wie eine plattgedrückte Pflaume. Dann nahm man den Stein zwischen Daumen und Zeigefinger, so wie man auch ein Leberwurstbrot anfassen würde.

»Jetzt nimmst du den rechten Arm nach hinten, ja, gut so, auch noch die Schulter, genau. So, und gleich schleuderst du deine rechte Seite nach vorne. Zuerst die Schulter, dann den Arm, dann die Hand, ganz schnell hintereinander. Im letzten Moment lässt du den Stein los und gibst ihm mit dem Zeigefinger noch Schwung.« Papa demonstrierte die Bewegung. »Es dauert etwas, bis man den Dreh raus hat. Also ärgere dich nicht, wenn es nicht sofort klappt. Ich habe Tage gebraucht!«

Ich streckte meinen Arm weit nach hinten und schwang ihn ein paarmal probehalber nach vorne. Der Stein lag gut in der Kuhle zwischen Daumen und Zeigefinger. Ich holte Luft, dann schwang ich meinen Arm nach vorne, schleuderte locker mein Handgelenk und beschleunigte mit dem Zeigefinger. Der Stein sauste durch die Luft und titschte auf die Wasseroberfläche. Ein-, zwei, drei, vier, fünf, sechs, sieben Mal. Papa starrte mich an.

»Ich fasse es nicht!«

»Das war bestimmt nur Anfängerglück«, wollte ich ihn trösten, aber mein breites Grinsen konnte ich nicht verbergen.

»Das hoffe ich für dich!«, tat mein Papa ganz entsetzt. Was soll ich sagen: Es war nicht bloß Anfängerglück gewesen. Ich konnte es einfach. Ich hatte den Dreh raus, es fühlte sich an, als hätte ich nie etwas anderes gemacht. Beim dritten Wurf titschte mein Stein so schnell und flach übers Wasser, dass man gar nicht mehr zählen konnte, wie oft. Papa hatte die Arme in die Seiten gestützt und schüttelte den Kopf.

»Na warte!«, rief er dann und rannte auf mich zu. »Wenn ich dich kriege!« Kichernd rannte ich weg. Wir fegten über den Strand. Ich fühlte, wie meine Füße den Sand aufwirbelten, dann lief ich durchs Wasser, dass es nur so spritzte. Ich drehte mich um, Papa war mir dicht auf den Fersen. Er streckte seine Arme nach vorne. Ich musste so lachen, dass ich kaum noch rennen konnte. Meine Beine wurden ganz wabbelig vor Lachen und plötzlich schnappte Papa mich.

»So, Freundchen! Jetzt gibt es die Kitzelstrafe!«, rief er. Er umklammerte mich mit dem rechten Arm und fing mit links an, mich zu kitzeln. Wir fielen hin und kullerten ein Stück durchs Wasser. Ich rappelte mich auf, entkam ihm und lief ein paar Schritte auf den Sand, doch Papa schnappte noch liegend meinen Fuß und kichernd kullerten wir auf dem Strand weiter. Papa kitzelte mich von oben bis unten durch, bis ich Sand im Mund, in den Ohren und auch sonst überall hatte. Irgendwann konnten wir nicht mehr vor Lachen. Keuchend lagen wir nebeneinander. Papa drehte sich auf den Bauch.

»Du hast das Talent deiner Mama geerbt. Sie kann genauso gut Steine flitschen.« Ich sah ihn an. »Echt?«

»Ja. Sie hat es mir hier beigebracht vor 13 Jahren. Sie ist die beste Steineflitscherin, die ich kenne. Du hast genau den gleichen Schwung.« Ich wusste nicht, was ich sagen sollte. Irgendwie fühlte es sich auf einmal an, als wäre Mama ganz in der Nähe. Ich sah sie fast vor mir, wie sie dort am Wasser entlangging und sich bückte, um den perfekten Stein aufzuheben. Und mir wurde bewusst, wie sehr sie mir fehlte. Das fühlte ich zwar immer, aber plötzlich wurde das Gefühl so nach oben gespült, und ich hielt ganz still, weil ich fürchtete, das Vermissen könnte mich bei der kleinsten Bewegung verschlucken.

Als wir wieder zu Atem gekommen waren, sagte Papa: »Ich fühle mich ein bisschen wie ein paniertes Schnitzel. Kommst du mit ins Wasser?« Ich stand

auf. Das Vermissen war glücklicherweise wieder geschrumpft und gut verpackt. Hand in Hand gingen wir ins Wasser und spülten uns den Sand ab.

»Oh, Frieda!«, rief ich, denn der kam laut weinend den Strand entlanggelaufen. In den Händen trug er irgendetwas, tropfend, braun, ungefähr so groß wie ein Kissen.

»Kahallehe!«, schluchzte er. »Er ist kapuhut!« Vor uns blieb Frieda stehen, die Tränen liefen ihm die Wangen hinunter und tropften auf den feuchten Karton, den er in den Händen hielt. Papa kniete sich in den Sand und legte einen Arm um Frieda. »Was ist denn passiert?«, fragte er besorgt. Ich sah in den schon recht weichen Karton. Muscheln und Steine lagen darin. Frieda legte den Kopf auf Papas Schulter. Ich nahm ihm den Karton ab und stellte ihn vorsichtig auf den Sand. Frieda schlang die Arme um Papas Hals. »Viola und i-hich haben den zwischen die Fe-helsen geklemmt und i-immer Muscheln reingeta-han«, schluchzte er, »und da-hann kam eine We-helle und jetzt isser ga-hanz kapu-hutt!«

»Oh nein! So eine fiese Welle!«, tröstete Papa. »Vielleicht können wir Mario fragen, ob er einen Eimer hat?«

»Nein, das geht nicht!«, Frieda stampfte ungeduldig mit dem Fuß auf. »Ich will das doch Benja und Lorenz schicken und einen Eimer kann man doch nicht verschicken!«

»Das stimmt natürlich, aber du könntest die Schätze ja zuerst in einem Eimer sammeln und dann waschen wir die Muscheln schön sauber, lassen sie trocknen und packen sie in einen frischen Karton zum Verschicken«, schlug Papa vor. Frieda schniefte.

»Das könnte klappen«, lenkte er ein.

Papa nahm Frieda auf den Schoß und wir schauten ein bisschen aufs Meer. Bald hatte sich Frieda wieder ganz beruhigt.

»Die Muschel sieht aber toll aus!« Vorsichtig holte ich eine große weiße Muschel aus dem Karton. Sie hatte hellbraune Linien und ganz feine Zacken am Rand. Frieda wischte sich mit dem Arm über die Nase.

»Ja! Das ist meine beste. Guck, und der Stein hier«, er fischte einen grauen mit hellen Strichen hervor, »den hatte ich doppelt, da hab ich ihn mit Viola getauscht.« Stolz grinste er mich mit restfeuchten Augen an.

»Und, hast du einen Krebs angefasst?«, erkundigte sich Papa. Frieda schüttelte heftig den Kopf. »Nee! Viola wollte unbedingt, dass ich einen anfasse! Sie hat meinen Arm genommen und wollte meine Hand auf den Krebs drücken. Da hab ich meinen Arm ganz steif gemacht und meine Finger so ganz weggebogen, guck, so!« Er drehte seine Finger ein. Dann runzelte er die Stirn und schlang seine Arme um meinen Arm.

»Ich trau mich nich, Kalle! Ich kriege ganz dolle Gänsehaut. Der guckt auch so gruselig, der Krebs, und der macht immer so mit seinem Geweih« Er öffnete und schloss die Hände. »Ich schaff das nicht, Kalle!«

»Ich glaube, Lasse hat auch noch nie einen Krebs angefasst«, meldete sich Papa zu Wort. »Sag mal, Frieda, wo hattest du eigentlich den Karton her?« Vorsichtig zog er den Adressaufkleber ab, das ging jetzt ganz leicht, wo alles so nass war. A. Kara, Kiebitzgasse 12, las ich. Erschrocken sah Frieda Papa an.

»Das war, weil ich brauchte doch ganz dringend einen Karton und die brauchen den doch jetzt nicht und ich war auch ganz vorsichtig mit den Schuhen«, murmelte er zerknirscht und senkte den Kopf.

»Du hast einfach ein Päckchen aufgemacht?!«, fragte ich wütend.

»Du doch auch! Und Papa auch!«, verteidigte Frieda sich. Papa und ich sahen uns an. Da hatte er recht. Der Wein. Das Dackelbuch.

»Aber die anderen bleiben zu, abgemacht?«, sagte Papa und sah uns an. »Abgemacht!«, antwortete ich und Frieda nickte.

»Was war denn drin?«, fragte ich.

»Na, Schuhe. So welche, wie die Coolen sie haben, in riesig!« Frieda zeigte mit den Händen, wie riesig diese Schuhe waren.

»Ich habe sie ganz vorsichtig wieder ins Papier gewickelt und in den Schuhkarton getan und unter mein Bett geschoben. Ich schwör!« Ernst hob er die rechte Hand.

»Na, dann gehen wir jetzt mal nach einem Eimer gucken«, entschied Papa und stand auf. Während die beiden nach Eimern suchten, durfte ich Mario hinter der Theke helfen. Er hat mir gezeigt, wie man Cola und Wasser und Fanta zapft, es war ganz leicht. Zuerst hab ich mich nicht getraut, mit den Gästen zu sprechen, da hat Mario mir immer gesagt: »Eine Fanta und zwei Cola für die Signora!« Und dann hab ich gezapft. Aber irgendwann hat mich ein Gast direkt angesprochen, der wusste ja nicht, dass ich schüchtern war und hat einfach gesagt: »Zwei Wasser bitte!« Tja, und dann hab ich zwei Wasser gemacht. So kam es dann auch, dass ich ganz schnell die italienischen Zahlen konnte, denn die meisten Besucher sprachen natürlich italienisch. Zum Glück heißt Cola auf italienisch Cola und Fanta Fanta. Wasser heißt acqua, aber das war ja auch leicht. Wenn jemand was wollte, das ich nicht verstand, war es Wasser. Getränke zapfen macht richtig Spaß! Vielleicht noch mehr, als Pakete ausfahren.

La famiglia

Mittags holte Maria uns zum Essen. Hinter dem Café im Schatten stand ein großer Tisch, an dem wir alle zusammen aßen. Manchmal kam es vor, dass ein verirrter Urlauber den Kopf um die Ecke steckte, aber dann rief Maria streng: »No! Solo la famiglia! Nur die Familie!« Ich fand es toll, dass wir dabei sein durften und sie anscheinend fand, dass wir auch zur Familie gehörten. Meistens gab es riesige Nudelberge und wenn ich nicht mindestens zwei Teller leer aß, war Maria beleidigt und dachte, es habe mir nicht geschmeckt. Überhaupt schien sie sich dafür verantwortlich zu fühlen, dass ich nicht nur genug aß, sondern ausreichend eingecremt, beschäftigt, mit Süßigkeiten versorgt und betüdelt wurde. Sie dachte wohl, dass Papa das allein nicht hinbekommen würde.

Anfangs schimpfte sie mit Mario, wenn er mich fragte, ob ich ihm hinter der Bar helfe. Ich habe ihr aber gesagt, dass ich das richtig gerne mache, und dann hat sie aufgehört zu schimpfen und mich machen lassen.

Frieda ernährte sich, glaube ich, hauptsächlich von Eis. Ständig liefen Viola und er an uns vorbei, ein Eis in der einen und den Eimer in der anderen Hand. Von morgens bis abends waren sie in den Felsen beschäftigt. Da sie alle paar Stunden mit einem vollen Eimer zum Café kamen, hatte Mario ihnen eine große Wanne in die Familienecke gestellt, in der sie ihre Fundstücke sammeln konnten. Wenn sie gerade nicht kletterten, sammelten oder im Meer planschten, sortierten sie stundenlang Steine und Muscheln. Nur selten gab es Streit. Die Sache war ganz einfach: Viola sagte, wo es langgeht und Frieda machte brav mit. War er mal nicht einverstanden, gab es Zoff, da verstand Viola keinen Spaß. Erstaunlicherweise schien Frieda das einfach zu akzeptieren. Meistens jedenfalls.

Heute war es besonders heiß gewesen. Selbst als die Sonne schon untergegangen war, hörte ich nicht auf zu schwitzen. Kein Lüftchen regte sich. Frieda war schon ins Regal auf die Waldmatratze gekrabbelt und Papa hatte die Tür offen gelassen, anders war es einfach nicht auszuhalten. Ich hatte noch gar keine Lust, in das warme Fahrerhäuschen zu klettern. Da sagte Papa plötzlich: »Komm mal mit!« Er kletterte auf das Autodach. Ich folgte ihm, so wie damals am See.

Ich sah mich um. Herrlich war es hier oben. Man hatte einen Blick über die ganze kleine Bucht. Um diese Zeit war sie menschenleer. Es gab keine Hotels, die man zu Fuß hätte erreichen können. Tagsüber kamen die Urlauber mit Autos und Booten angefahren, um den Tag in unserer Bucht zu verbringen, aber nachts hatten wir sie ganz für uns allein. Der Parkplatz war leer, die Touristen würden erst morgen früh wiederkommen. Und auch Marios Café war jetzt dunkel und verlassen. Denn Mario, Maria und Viola schliefen bei Antonia in ihrem Häuschen in der Stadt.

Das Meer rauschte leise, sonst hörte man nichts. Schwarz zeichneten sich die Felsen gegen den Nachthimmel ab. Papa hatte sich auf den Rücken gelegt und ich kuschelte mich in seinen Arm. Schweigend sahen wir in den Sternenhimmel. Mir fiel ein, dass ich schon ewig nicht mehr ferngesehen hatte, und dass es mir bisher gar nicht aufgefallen war. Selbst Frieda, dem sonst nichts, aber auch gar nichts über seine heilige *Sendung mit der Maus* ging, hatte das hier anscheinend völlig vergessen.

»Vermisst du eigentlich was von zu Hause? Fernsehen oder Zeitung lesen oder so?«, fragte ich Papa.

»Hm«, machte Papa und sah lange zu den Sternen, bevor er sagte: »Nein, das vermisse ich alles gar nicht.« Und als ich dachte, da kommt nichts mehr, sagte er noch: »Das Einzige, was ich vermisse, ist Stella. Aber die vermisse ich zu Hause ja auch.«

»Ich auch«, flüsterte ich leise. Und dann, weil ich wohl nicht richtig aufgepasst hatte, rutschte es mir raus.

»Ich hab Angst, dass ich vergesse, wie sie aussieht!«

Da war er draußen, dieser kurze, riesengroße, unförmige, stachelige Satz, der sich so widerspenstig aus den tiefsten Tiefen und festverschlossensten Kisten irgendwo neben meinem Herzen immer wieder nach oben drängelte. Den nicht einmal der Glücksklumpen hatte verdrängen können, der mich gezwickt und geboxt hatte, wenn ich gar nicht darauf gefasst war. Jetzt wo er raus war, lauschte ich den Worten noch ein bisschen hinterher und fühlte mich wie ein schrumpeliger Ballon, aus dem jemand die Luft gelassen hat. Wahrscheinlich war Papa jetzt ziemlich enttäuscht. Ich war ja selber enttäuscht.

»Oh, mein Kalle!«, sagte Papa und nahm mich in den Arm. Dann stützte er sich auf den linken Unterarm und sah mich an, so gut das eben ging in der Dunkelheit.

»Ich habe ein Foto von ihr in meinem Portemonnaie, gleich morgen bekommst du es.«

»Danke, aber das ist nicht alles. Es ist nicht nur ihr Gesicht. Ich glaube, ich vergesse, wie sie riecht und wie sie spricht und so was.« Papa lächelte mich ganz lieb an, das konnte ich auch ohne Licht erkennen.

»Oh je.« Na also. Enttäuscht. Hatte ich es doch geahnt.

»Ich glaube, das ist meine Schuld«, murmelte er. »Ich fürchte, ich habe einen großen Fehler gemacht.«

»Nein, wieso? Was denn? Ich finde, du machst alles gut«, sagte ich schnell.

»Das ist lieb, aber ich glaube in dieser einen Sache hab ich Mist gebaut. Ich habe irgendwie gedacht, wenn ich ständig von Mama rede, vermisst ihr sie noch mehr, oder es macht euch traurig, dass ich sie vermisse. Deshalb habe ich versucht, möglichst nicht von ihr zu sprechen und ganz tapfer zu sein.«

»Vermisst du sie denn auch oft?«

»Ich vermisse sie immer! Von morgens bis abends und dazwischen. Manchmal bin ich ganz schwach, weil ich so traurig bin, dass sie nicht bei uns ist, und ständig denke ich, was sie wohl jetzt gesagt oder getan hätte.«

»Das wusste ich gar nicht.«

»Genau, und das ist das Problem! Wahrscheinlich hast du gedacht, ich vermisse sie gar nicht so doll?« Ich schüttelte den Kopf.

»Ich habe gedacht, ich rede besser nicht von ihr, sonst wirst du noch trauriger.« Er nickte in die Nacht. Einen Moment war es still, dann sagte Papa:

»Wir sind schon zwei Spezialisten. Wollen uns gegenseitig vorm Traurigsein beschützen!«

»Ich dachte, wir dürfen eigentlich nicht traurig sein. Sie ist so mutig und rettet die Welt und das ist ja echt total wichtig und da ist es unfair, wenn wir traurig sind«, erklärte ich.

»Nein, Kalle. Jetzt gerade weiß ich ganz genau, dass das falsch ist. Wir dürfen traurig sein, wir müssen sogar traurig sein! Schließlich lieben wir Mama und wenn jemand, den man liebt, lange nicht bei einem ist, ist man traurig, ganz egal, warum er weg ist.« Da hatte er eigentlich recht.

»Und vielleicht geht ja auch beides: Wir sind traurig, weil sie nicht bei uns ist, aber wir verstehen, dass sie die Welt retten muss«, schlug ich vor.

»Mein schlauer Kalle! Genau so! Wir leihen sie sozusagen an die Welt aus, deine tolle Mama, weil wir so großzügig und nett sind.« Papa fuhr mir durch die Haare.

»Ich habe übrigens Glück, weil ich Stella eigentlich jeden Tag sehe«, behauptete Papa.

»Wie denn?«, fragte ich verwirrt.

»Ich muss nur dich anschauen. Du bist ihr wie aus dem Gesicht geschnitten. Du hast zwar das eine blaue Auge von mir, aber alles andere hast du von deiner Mama. Inklusive deinem Talent zum Steine flitschen. Deine braunen Haare, die vollen Lippen. Wegen der Sonne sind deine Wimpernspitzen ganz hell geworden, genauso war es bei ihr auch immer.«

Vorsichtig strich ich über meine Wimpern.

Noch bevor ich zum Schlafen ins Auto stieg, gab Papa mir das Bild von Mama. Es war ein bisschen verknickt und verblichen. Vorsichtig klemmte ich den Rand in einer Ritze fest, sodass ich Mama beim Einschlafen anschauen konnte. In dieser Nacht schlief ich tief und ruhig.

Daran, dass wir uns jetzt gegenseitig trösten und an Mama erinnern durften, musste ich mich erst mal gewöhnen. Es war so ungewohnt. Sonst hatte ich jeden Gedanken an Mama immer sofort eingefangen und zurück in irgendeine Gedankenschublade gepackt. Aber jetzt waren diese Gedanken frei. Ich glaube, Papa ging es ähnlich, und je mehr er über Mama erzählte, desto mehr fiel ihm ein. Außerdem merkte er, dass Frieda und ich jedes Mal wie gebannt an seinen Lippen hingen und gar nicht genug bekommen konnten.

Und tatsächlich: Niemand wurde dabei trauriger, oh nein! Es war ganz anders. Wir wurden enger, würde ich sagen. Enger zusammen. Und geholfen gegen das Vergessen hat es auch. Wenn Papa erzählte, dass Mama an der Stelle gelacht hatte, konnte ich mir plötzlich genau vorstellen, wie es noch mal klang, ihr lautes, fröhliches Mamalachen. Oder er erzählte etwas, wo ich dabei gewesen war und es fiel mir erst in dem Moment wieder ein. Manchmal sagte Papa auch: »Ich glaube, wir erzählen Mama besser nicht, dass du so viel Eis isst!« Und dann kicherte Frieda, lehnte sich an Papa und sagte: »Nee, das sagen wir ihr nich, ne? Das ist unser Eisgeheimnis!«

Eines Tages sagte Frieda: »Mama tut mir richtig leid, dass sie da am kalten Nordpol sitzen muss. Hat sie ganz schön Pech, dass sie nich hier bei uns und beim Meer und beim Eis sein kann.«

Ich finde, das war ganz schön schlau von Frieda, und er ist ja erst vier. Ich hatte nämlich die ganze Zeit immer gedacht, dass wir ja arm dran sind, weil sie nicht da ist. Dabei wäre sie wahrscheinlich auch manchmal gerne hier bei uns und würde das Weltretten lieber jemand anderen machen lassen. Wir drei hatten uns ja immerhin gegenseitig, und Mama nur sich. Arme Mama! Und wie ich mich so umsah und dachte, dass es hier schon ganz schön ist, hatte ich auf einmal eine ziemlich gute Idee.

»Sollen wir nicht eine Kiste für Mama machen? Eine Kiste voll mit Sachen, die wir gefunden haben, oder die wir bekommen haben in der Zeit, in der sie nicht da ist? Die können wir ihr schenken, wenn sie wiederkommt, und dann zeigen wir ihr die Sachen und erzählen ihr alles, was wir erlebt haben. Wo sie doch so viel verpasst.«

»Das ist ja eine Spitzenidee, Kalle!«, sagte Papa. Frieda bekam ganz rote Wangen.

»Oh ja, oh ja! Da müssen all meine Muscheln rein!«

»Na ja, wir wollen ihr ja keinen Umzugskarton schenken. Und außerdem willst du doch auch noch welche an Lorenz und Benja schicken … Wir können abmachen, dass jeder jeden Tag höchstens eine Sache hineintun darf. Sonst wird es zu viel.« Frieda und ich nickten. Ab dem Moment wählte Frieda jeden Abend sehr sorgfältig die schönste Muschel aus und legte sie in den leeren Weinkarton. Ich hatte die Schlangenhaut von Elise hineingelegt und eine Serviette von dem Café. Darauf stand »A Mario« und ich dachte, wo sie Mario doch kennt und schon mal hier war, freut sie sich vielleicht darüber.

Das Abschiedsfest

Ich saß am Meer und wühlte im Sand. Irgendwie wühlten meine Hände und Füße immer automatisch los, wenn sie diesen hellen, weichen Sand berührten. Es war gar nicht so, dass ich etwas bauen wollte, es fühlte sich einfach so schön an, wie die warmen Körnchen durch meine Finger rieselten.

»Kalle, Kalle, komm schnell!« Außer Atem kam mein kleiner Bruder angerannt. Seine von Sonne und Wasser fast weißgewaschenen Locken sprangen auf und nieder, während er mit weit aufgerissenen Augen rief: »Ich hab mich getraut!« Er nahm meine Hand und zog mich hinter sich her. Ich folgte ihm den Strand entlang zu den Felsen, wo Viola winkend auf uns wartete.

»Is er noch da?«, fragte Frieda schon von Weitem und Viola nickte. Zwischen den Felsen hatten sich unzählige kleine Pfützen gebildet, die ab und an von einer größeren Welle aufgefüllt wurden. Vor solch einer Pfütze machte Frieda Halt. Er beugte sich weit darüber und sagte: »Da isser! Das ist Lasse!« Ich beugte mich neugierig über das Wasser. Darin saß ein kleiner Krebs.

»Du hast ihn Lasse genannt?«, fragte ich grinsend.

»Ja! Lasse ist mein Freund und Lasse ist ein schöner Name, oder?« Ich nickte schnell.

»So, und jetzt trau ich mich, ihn anzufassen! Hab ich nämlich eben schon.« Frieda klemmte die Zunge zwischen die Lippen, so wie er es immer macht, wenn er sich konzentriert. Er streckte seinen Zeigefinger aus und bewegte die Hand langsam in Richtung Lasse-Krebs. Blitzschnell schoss sein Finger ins Wasser und tippte den überraschten Krebs an. »Siehst du? Siehst du? Mein lieber Scholli, ich trau mich!«, rief er aufgeregt. Ohne mit der Wimper zu zucken, griff Viola in das Becken, schnappte sich den Krebs und setzte ihn auf ihre Hand. Frieda war jedoch keinesfalls beleidigt, im Gegenteil!

»Ist er nicht süß!?«, meinte er verliebt, wenn auch aus gebührendem Abstand. »Viola sagt, das darf ganz allein mein Krebs sein«, seufzte er glücklich.

In dem Moment schloss Viola ihre Hand um den Krebs, holte aus und warf ihn in hohem Bogen ins Meer. Wie vom Donner gerührt sah Frieda sie an.

»Der muss wieder ins Meer, sonst stirbt er«, erklärte sie schulterzuckend. Friedas Unterlippe zuckte.

»Du Blöde!«, rief er.

Mit Blick auf Friedas enttäuschtes Gesicht fügte sie hinzu: »Der kommt bestimmt morgen wieder.«

»Echt?«, fragte er und zog tapfer die Nase hoch.

»Klar!«, meinte Viola. Also ich war mir da ja nicht

so sicher. Außerdem hätte Lasse-Krebs wohl noch ein paar Minuten in der Pfütze bleiben können, dachte ich. Ich hielt es allerdings für schlauer, mich da rauszuhalten.

»Das war aber richtig mutig von dir«, lobte ich und strubbelte Frieda über den Kopf. Er nahm meine Hand und lehnte sich gegen mich. Dann sind wir zusammen zum Strand gegangen und haben eine riesige Sandburg gebaut, bis Papa vom Einkaufen wieder da war.

Als die Schatten lang wurden und nicht mehr viele Leute am Strand, machten wir unser Abendbrotpicknick. Papa riss uns Stücke von einem großen Weißbrot ab, dazu gab es Käse und Salami, ebenfalls in dicken Stücken, die Papa mit seinem Taschenmesser schnitt. Heute hatte er außerdem saftige Pfirsiche eingekauft.

»Ich finde, man sollte immer draußen essen. Im Land der tausend Echsen isst man immer draußen. Das bestimme ich so, ich bin ja König!«, beschloss Frieda, während ihm der Pfirsichsaft vom Kinn auf den Bauch tropfte.

»Das ist eine gute Idee, ein tolles Gesetz! Und vielleicht auch, dass man hinterher im Meer schwimmen muss!?«, schlug Papa vor.

»Aber da gibt es doch kein Meer«, gab ich zu bedenken.

»Doch! Ich bau da eins!«, rief Frieda inspiriert.

»Ich hol mir Bagger und so«, behauptete er und da wollte ich nichts gegen sagen. Schließlich ist so ein Meer schon ganz schön toll. Besonders, wenn die Sonne gerade untergeht und man ein Stück Salami kaut und Sommerferien sind.

Zum Einschlafen las Papa uns noch ein bisschen aus dem Dackelbuch vor.

»Dackel sind besonders gut für die Stöberarbeit geeignet«, las er.

»Ich bin auch besonders gut für die Stöberarbeit geeignet«, gähnte Frieda. »So viele Muscheln und Steine, wie ich finden kann!« Und da hatte unser kleiner Lockenhaarmensch absolut recht.

Am nächsten Morgen, als wir uns gerade vor Marios Café die Zähne putzten, sagte Papa: »Morgen ist unser letzter Tag in Italien, dann müssen wir abends wieder nach Hause fahren.«

»Was? Nein, auf keinen Fall, ich komme nicht mit!«, rief Frieda und Zahnpastatröpfchen flogen aus seinem Mund.

»Ich bin noch gar nicht fertig mit Muscheln finden und Krebse anfassen!« Entsetzt sah er Papa an. Ehrlich gesagt war ich auch ein bisschen erschrocken. Morgen schon?

»Weißt du, Frieda, ich habe dir ja versprochen, dass wir noch mal in dem Autobahnwäldchen übernachten, und wenn wir das machen wollen, müssen wir morgen los. Sonst können wir auch noch zwei Nächte hierbleiben. Dann fahren wir übermorgen alles in einem Rutsch. Was meinst du?«, fragte Papa.

»Na, wir bleiben auf jeden Fall hier! Als ich in dem Autobahnwäldchen war, wusste ich ja noch gar nicht, wie schön es hier in Italien ist. Und wie toll so ein Meer und meine Viola sind.«

»In Ordnung, abgemacht. Dann geht es übermorgen nach Hause.«

Also haben wir Muscheln für Benja, Lorenz und Elise rausgesucht. Die für Elise war außen weiß mit ganz hellgrauen Streifen, und von innen war sie rosa mit ein bisschen gelb. Ich hatte sie ausgesucht, weil ich fand, dass sie von innen ein bisschen so aussah wie der Himmel morgens über dem Meer.

Dann sind wir mit unserem Postauto in das kleine Städtchen gefahren, um eine Postkarte und Briefmarken zu besorgen. Wir durften ein paar Servietten aus dem Café mitnehmen, da haben wir die Muscheln reingewickelt, bevor wir sie ins Päckchen gelegt haben. Nachdem Frieda einen Krebs auf die Postkarte gemalt hatte, blieb nicht mehr viel Platz. »Viele Grüße vom Meer«, schrieb Papa und ich war zuständig für unsere Namen.

»Papa, meine Sandalen passen nicht mehr!«, sagte ich und sah auf meine braunen Füße. Meine dicken Zehen ragten vorne über die Sohle hinaus. Papa grinste.

»Tatsächlich! Da hast du mal ein paar Tage keine Schuhe an und zack, wachsen deine Füße direkt wie verrückt!« Also besorgten wir auch noch schnell ein paar Badelatschen für mich. Und wo wir schon dabei waren, kauften wir zum Abschied noch Süßigkeiten für Maria, einen Hut für Mario und ein kleines Kästchen mit Glitzersteinen darauf für Viola.

»Schau mal Kalle, was ist denn das?« Frieda hielt den Anhänger einer schwarzen Lederkette in der Hand.

»Da steht Haifischzahn«, las ich vor. Frieda machte große Augen. »Ist das etwa ein echter? Von einem echten Hai?«

»Steht da.« Papa kaufte Frieda die Kette. »Mein lieber Scholli! Lasse hat bestimmt keine Kette mit einem echten Haifischzahn«, murmelte er ehrfürchtig.

Am letzten Tag gab Italien noch mal alles. Das Meer schimmerte türkis im Sonnenschein, der Wind zauberte weiße Schaumkrönchen auf die Wellen und der Sand war so weich wie Sand überhaupt nur sein kann. Ich tauchte lange mit Friedas Brille. Mario hatte mir einen Trick verraten: Wenn man eine Scheibe Weißbrot ganz fest in seine Hand quetschte, und beim Tauchen hin und wieder ganz kleine Stückchen davon losließ, dann kamen jede Menge Fische. Ich hatte nicht weit vom Strand entfernt einen dicken Stein un-

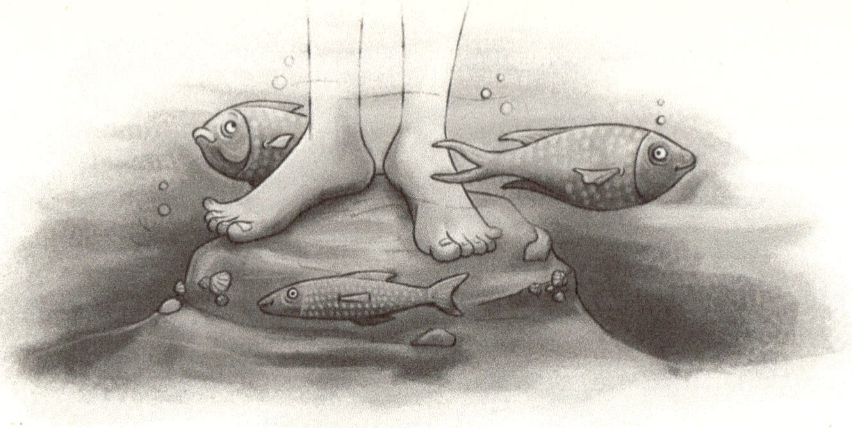

ter der Wasseroberfläche entdeckt, auf dem ich noch gut stehen konnte, obwohl das Wasser hier eigentlich schon ziemlich tief war. Außerdem hatte ich bei den vergessenen Strandspielsachen, die Mario in einer Kiste aufbewahrte, einen Schnorchel gefunden. Ich stand also auf dem Felsen, den Kopf unter Wasser und ließ nach und nach Weißbrotstückchen durchs Wasser treiben. Tatsächlich kamen ganz unglaublich viele Fische! Es waren bestimmt 30 Stück in ganz verschiedenen Größen. Am schönsten waren welche, die grünlich schimmerten, mit einem leicht orangenen Streifen. Eine richtige Fischversammlung war das um mich herum, so ähnlich, wie wenn man Hühner füttert.

Als das Weißbrot aufgefressen war, schwamm ich an Land und machte mich auf die Suche nach Frieda und Viola, um zu sehen, was sie an ihrem letzten Tag so trieben. Ich fand sie wie zu erwarten in den Felsen. Sie waren so vertieft in ihr Spiel, dass sie mich erst gar nicht bemerkten. Frieda lag in einem der unzähligen Felsenbecken auf dem Bauch, Viola stand, heute in einem hellblauen Rüschenbadeanzug – aber natürlich mit der unvermeidlichen Krone – am Rande des Pools vor ihm.

»Nein! Du kannst nicht raus. Du bist ein armer Seestern und hast keine Eltern und du musst weinen«, befahl Viola.

»Okay«, ergab sich Frieda und fing an, ordentlich zu jammern. Viola lächelte zufrieden.

»Hallo«, machte ich mich bemerkbar.

»Kalle! Willst du mitspielen?«, fragte Frieda.

»Nein, das geht nicht!«, entschied Viola.

»Oh, das geht nicht!«, wiederholte Frieda, als könnte ich Viola nicht verstehen und zuckte entschuldigend die Achseln. Ich hob beide Hände. »Kein Problem! Ich geh mal nachsehen, was Papa macht.«

Ich fand ihn auf dem Parkplatz. Er war damit beschäftigt, die Scheiben unseres Transporters sauber zu machen.

»Da kann man ja kaum noch durchgucken!«, grinste er. Er hatte sich scheinbar einen Lappen von Mario geliehen und wusch ihn immer wieder unter der Dusche aus, wo normalerweise Urlauber Sand und Salzwasser abduschten. Papa wrang den Lappen kräftig aus, dennoch ließ es sich nicht vermeiden, dass einige Tropfen auf die Motorhaube spritzten und gelbe Punkte hinterließen. Unsere Blicke trafen sich, aber wir sagten kein Wort. Nicht heute, heute noch nicht.

Ich kletterte ins Innere des Wagens, um ein bisschen aufzuräumen, zu packen gab es ja weiter nichts. Ich stellte die restlichen Kartons in das freie Regal, daneben den Schuhkarton, den Frieda ausgepackt hatte, die leere Weinkiste mit den Geschenken für Mama und das Dackelbuch. Inzwischen war es ganz zerlesen, immer wieder wollte Frieda die Stelle über die Jagd hören. Über Dackel wussten wir jetzt echt gut Bescheid.

Mit einem Besen, den ich mir von Maria ausgeliehen hatte, fegte ich den Laderaum. Hier hatten sich jede Menge Sand und etliche Blätter, die aus Friedas Waldmatratze gefallen waren, angesammelt. Der Gedanke, dass wir bald wieder in unseren Betten schlafen würden, fühlte sich komisch an. Irgendwie war unser Zuhause ganz weit weg. Eigentlich waren wir insgesamt nicht mal zwei Wochen unterwegs gewesen, aber es kam mir vor, als lebten wir schon immer in unserem Postauto. Wir hatten so viel erlebt und alles war so anders als unser normales Leben.

Als Papa und ich mit dem Auto fertig waren, belohnten wir uns mit einem Eis.

»Es war gut, dass du nicht abgebogen bist«, sagte ich und schmeckte die saure Zitrone auf meiner Zunge.

»Dass du einfach weitergefahren bist, mit uns. Bis nach Italien.«

»Meinst du?«, fragte Papa und sah mich an.

»Am Anfang war ich mir nicht sicher, aber jetzt finde ich, es war genau richtig.« Ich sah zu ihm hoch.

»Das ist gut, Kalle. Das ist sehr gut!« Er strubbelte mir durch die Haare. »Daran werde ich mich festhalten«, murmelte er.

Zur Feier des Tages schlossen Mario und Maria das Café früher als sonst. Sie hatten einige Freunde eingeladen, um unseren letzten Abend zu feiern, und der Tisch bog sich fast unter all den leckeren Sachen, die sich darauf stapelten. Es gab Fisch und Fleisch in verschiedenen Soßen, duftendes Weißbrot, rote Tomaten, Käse und natürlich Berge von Nudeln. Viola trug eine Art Prinzessinenkleid zu ihrer Krone und sie hatte außerdem eine dicke Schicht von Marias rotem Lippenstift aufgetragen. Maria zwinkerte mir verschwörerisch zu. Violas Mutter Antonia war auch gekommen, das war die, die Papa damals bei dem Unwetter gerettet hatte. Inzwischen war sie natürlich eine Frau. In der Woche arbeitete sie in der Stadt und Mario und Maria nahmen Viola mit an den Strand.

Es waren auch zwei Jungs in meinem Alter da, aber ich finde es immer so schwierig, mit Leuten zu spielen, die man gar nicht kennt. Die Erwachsenen sagen dann immer so Sachen wie: Macht doch mal was zusammen und stupsen einen an, dass man zu den anderen hingeht. Aber man kann ja nicht einfach sagen: Kommt, wir spielen. Außerdem waren diese Jungs ja auch noch Italiener und da wusste ich gar nicht, was die so spielen und ob sie mich überhaupt verstehen. Bevor ich mir darum Gedanken machen musste, wurde aber erst mal gegessen.

Ich werde nie verstehen, wie hier alle gleichzeitig so viel essen und so laut reden konnten. Alle waren fröhlich und ich wurde ständig gedrückt und geküsst und jemand füllte mir noch etwas auf oder gab mir ein Brot. Ich saß inmitten des hauptsächlich italienischen Stimmengewirrs und war so satt, wie man überhaupt nur sein kann. Irgendwann drehte jemand die Musik lauter und es wurde getanzt und lauthals mitgesungen.

Frieda und Viola saßen erstaunlich leise unter dem Tisch und spielten mit ihren Muscheln und Steinen. Schüchtern sah ich zu den zwei Jungs hinüber. Ich war mir nicht sicher, aber ich glaube, sie sahen auch zu mir und redeten miteinander. Irgendwann konnte Mario das Ganze wohl nicht mehr mit ansehen, denn er schnappte sich die zwei, redete auf Italienisch mit ihnen und schob sie zu mir hinüber.

»Kalle, das sind Francesco und Andrea. Sie möchten sehr gerne mit dir spielen!«

»Hm«, murmelte ich und mir wurde ganz warm vor Peinlichkeit. Francesco und Andrea sahen mich an und schauten dann schnell wieder auf ihre Schuhe. Mario grinste.

»Kennst du Morra?«, fragte er. Ich schüttelte den Kopf. Wer war das denn nun noch? Er sprach italienisch mit den beiden, die daraufhin heftig nickten und mich anstrahlten.

»Morra ist ein Spiel. Zwei Leute halten eine Hand hinter dem Rücken und strecken sie gleichzeitig nach vorne. Dabei zeigt man zwischen einem und fünf Fingern. Außerdem ruft man laut eine Zahl zwischen Zwei und Zehn, die sagt, wie viele Finger insgesamt gezeigt werden. Verstehst du?« Ich runzelte die Stirn. Eifrig machten Francesco und Andrea sich bereit. Sie stellten sich gegenüber voneinander auf, dann ließen sie gleichzeitig ihre Hände nach Vorne schnellen und riefen dazu laut eine Zahl.

»Tre!«, schrie Andrea. »Cinque!«, rief Francesco. Andrea hatte einen Finger ausgestreckt, Francesco vier. »Ha!«, freute Francesco sich und reckte die Faust. Aha, ich verstand. Was für ein Glück, dass ich die Zahlen von eins bis zehn auf italienisch konnte! Da sieht man mal, wofür es gut ist, wenn man in einem italienischen Café arbeitet!

Das Spiel war super! Nachdem ich mich ein bisschen eingespielt hatte, lief es wie am Schnürchen und ich gewann das erste Mal gegen Andrea. Das war eine gute Idee von Mario gewesen. Jetzt war es nicht mehr peinlich, sondern schön, und es machte fast gar nichts, dass ich kaum italienisch und die beiden kaum deutsch konnten. Wir haben uns einfach so durchgewurschtelt. Nach einiger Zeit fragte Francesco etwas, zeigte dabei auf einen Ball und trat mit dem Fuß in die Luft. Na, das versteht doch jeder, dafür muss man ja kein Italienisch können.

»Thomas Müller«, sagte er noch, »Bayern München!« Und hob den Daumen. Dann gingen wir in den Sand, Fußball spielen.

Es war schon richtig spät, als alle halfen aufzuräumen. Andrea und Francesco sagten viel zum Abschied. Die Worte verstand ich zwar nicht, aber dass sie sagten, dass sie es super fanden und mich mögen, war auch so klar.

»Guck mal, Kalle, ich bin noch wach!«, strahlte mein kleiner Bruder. »Viola nich.« Er zeigte auf zwei zusammengeschobene Stühle, auf denen die kleine rosa Prinzessin mit verrutschter Krone lag und schlief. »Ich bin auch noch gar nicht müde!«, behauptete Frieda und stolperte. Papa fing ihn auf und nahm ihn auf den Arm. »Hoppla! Aber obwohl du gar nicht müde bist, gehen wir jetzt ins Bett! Morgen haben wir eine laaaaange Autofahrt vor uns.«

Obwohl ich erst so spät ins Bett gegangen war, wurde ich früher wach als sonst. Als ich ausstieg, traf ich Papa, der unsere Handtücher ausschlug. »Oh, hab ich dich geweckt?«, fragte er. Ich schüttelte den Kopf. Der Himmel war rosarot und das Meer spiegelglatt.

»Gehst du noch einmal mit mir schwimmen?«, fragte ich. Papa sah kurz auf die gefalteten Handtücher. »Ja«, antwortete er dann.

Das Wasser war kühl und weich und ganz herrlich. Wir schwammen nebeneinanderher.

»Kalle, ich versprech dir was«, sagte Papa und zog mich auf seinen Arm. Dafür war ich ja eigentlich viel zu groß und viel zu schwer, aber hier im Wasser ging das leicht.

»Nächstes Jahr fahren wir hier wieder hin« Ich sah ihn erstaunt an.

»Weißt du, die nächsten Tage werden sicher schwierig, aber das verspreche ich dir: Nächstes Jahr fahren wir hier wieder hin und zwar zusammen mit Mama. Einverstanden?«

»Einverstanden.« Was für eine gute Idee von Papa! Da konnte man die schlimmen Sachen doch locker aushalten, wenn man sich am nächsten Sommer festhalten konnte. Dachte ich.

Mario freute sich riesig über den Hut. Er setzte ihn sofort auf und stolzierte auf und ab, während alle klatschten. Maria weinte auf ihre Pralinen. Ich glaube, sie mag Pralinen, aber sie war wirklich sehr traurig, dass wir nach Hause fuhren. Frieda streichelte ihr über die Wange. »Nächstes Jahr komme ich doch wieder.«

Mit kritischem Blick musterte Viola das Päckchen in Friedas Hand.

»Hier!«, sagte er.

Schnell wickelte sie es aus. Ihre Augen weiteten sich, als sie das kleine Glitzerkästchen sah. Sie schrie auf, rannte auf Frieda zu, nahm ihn in den Arm und drückte ihm einen dicken Kuss auf den Mund.

»Iiih!«, beschwerte der sich. Viola rannte zu ihrer Oma und sprach auf italienisch mit ihr. Sie kam zurück, nahm ihre Krone vom Kopf und reichte sie Frieda. »Für dich!« Ich konnte sehen, wie schwer es ihr fiel, sich von ihrer geliebten Krone zu trennen. Aber Friedas Augen strahlten.

»König Frieda. Passt ja. Für mein Land der tausend Echsen.« Glücklich setzte er sie auf seine blonden Locken.

Maria packte uns Proviant ein, als würden wir bis zu Mama an den Nordpol fahren, und die ganze Zeit hatte sie Tränen in den Augen.

»Und das ist für eure Mama!«, sagte sie und reichte mir einen Briefumschlag. Ich sah sie wohl etwas verwundert an, denn sie fügte hinzu: »Na für diesen Karton.« Ach so!

»Okay, danke, ich leg ihn gleich rein.« Wieder wurden wir gedrückt und geherzt und dann war es

wirklich Zeit loszufahren. Wir stiegen in unser buntes Postauto, Frieda mit Krone auf dem Kopf und Haifischzahn um den Hals, Papa und ich beladen mit Bergen von Essen. Maria und Viola weinten und winkten und Mario rief: »Addio! Bis zum nächsten Jahr!« Ein letzter Blick aufs Meer, und dann war er vorbei, unser verbotener Urlaub in Italien.

Offene Schubladen

Ich hatte gedacht, dass die Sorgenschublade sofort aufspringen würde, sobald wir losfuhren, aber so war es nicht. Ich war so voll mit Sonne und Meer und Eis und Glück, dass die Sorgen nicht durch diese dicke Schicht durchkamen. Noch nicht. Frieda plapperte munter von Felsen, Muscheln und Krebsen, wir hatten die Autofenster heruntergekurbelt und mein brauner Papa lachte über die Geschichte mit dem Krebs Lasse und alles war gut.

»Frieda, der eine Junge, mit dem ich gestern gespielt habe, heißt Andrea«, erzählte ich.

»Andrea? Du lügst, das ist doch ein Mädchenname!«, antwortete Frieda.

»Deshalb erzähle ich es dir ja! In Italien ist es ein Jungenname.« Frieda runzelte die Stirn und knibbelte an seiner Uschi. Man konnte fast sehen, wie es in seinem kleinen Jungskopf knirschte und arbeitete.

»Aber ... dann ist Frieda ja vielleicht auch irgendwo ein Jungsname. In einem anderen Land«, murmelte er. »Wo die mich doch immer ärgern, die Blöden.«

»Genau! In anderen Ländern gibt es auch andere

Namen.« Ein Lächeln breitete sich auf Friedas Gesicht aus.

»Vielleicht ist Anton ja in anderen Ländern ein Mädchenname.« Anton war der Junge, der Frieda immer wegen seines Spitznamens ärgerte. »Vielleicht.« Ich zuckte die Schultern.

»Ich sag einfach, das is so!«, beschloss Frieda.

»Aber das ist ja geflunkert, wir wissen es ja nicht«, gab ich zu bedenken. Wieder runzelte Frieda die Stirn und drehte einen Zipfel seiner Uschi.

»Doch!«, rief er plötzlich und lachte. »Doch! Weiß ich wohl! Ganz genau weiß ich das! Ha ha!«

»Was weißt du genau?«, fragte ich skeptisch.

»Im Land der tausend Echsen«, triumphierte er und hüpfte in seinem Sitz auf und ab. »In meinem Land! Da is nämlich Frieda ein Jungenname und Anton ist ein Mädchenname. Ätsch!«

Obwohl es da eigentlich keinen Parkplatz gab und man dort auch nicht so richtig halten durfte, fuhr Papa im Land der tausend Echsen rechts ran und wir stiegen aus. Frieda wollte unbedingt ein Stück den Berg hochgehen, aber das war nicht so leicht, denn es gab keine Wege und das Gestrüpp war dicht und pieksig.

»Da hast du aber noch ordentlich zu tun, in deinem Land«, sagte Papa.

»Hmhm«, nickte Frieda unbeschwert, »das ma-

chen alles meine Bagger.« Eifrig hob er Tannenzapfen und Stöcke auf.

»Hast du schon mal so dicke Tannenzapfen gesehen!? Die wachsen hier super!« Stolz stampfte er zurück zum Auto. »Die nehm ich mit. Darf ich ja, is ja mein Land. Einen tu ich in Mamas Kiste, dann sieht sie auch mal was aus meinem Land.«

Kurz nach der österreichischen Grenze schlief Frieda ein. Papa und ich futterten eins von Marias Brötchen. Ich machte beim Kauen die Augen zu, dann konnte ich mir vorstellen, dass wir alle zusammen hinter dem Café saßen und aßen. Solo la famiglia.

Danach muss ich wohl auch eingeschlafen sein, denn ich träumte einen komischen Traum von Brötchen mit lebendigen Krebsen darauf, die immer runterklettern wollten und von einem Eis mit ganz vielen Kugeln, die alle schmolzen und tropften und je mehr ich leckte, desto größer und flüssiger wurde es. Als ich die Augen wieder öffnete, sah ich immer noch Tropfen und brauchte einen Moment, um zu verstehen, dass das keine Eis- sondern Regentropfen waren, die die Fensterscheibe hinunterrannen. Während ich richtig wach wurde und meinen komischen Traum abstreifte, fiel mir auf, dass ich fror.

»Du hast Gänsehaut«, stellte Frieda fest und strich über meinen Arm.

»Oh!« Papa zuckte zusammen, dann drehte er die Klimaanlage aus. »Hab ich ganz vergessen. Hast du gut geschlafen?«, fragte er und lächelte. Ich konnte sofort erkennen, dass sich Papas Sorgenschublade geöffnet hatte.

»Sind wir schon wieder in Deutschland?«, fragte ich. »Ja«, antwortete er und biss sich auf die Unterlippe.

»Können wir nicht besser in Italien wohnen? Da regnet es nie«, meinte Frieda.

»Doch, da regnet es auch und außerdem haben wir da ja gar keine Wohnung und können die Sprache nicht. Stell dir vor, da sprechen die Kinder im Kindergarten alle italienisch.«

Frieda dachte nach.

»Ach so. Und du kannst die Adressen ja gar nicht

lesen, wenn du die Päckchen austeilst. Das ist ja blöd, dann kannst du da gar nicht arbeiten.«

Ich las ein bisschen aus dem Dackelbuch vor, aber irgendwie war plötzlich alles schwer. Italien und Mario waren weit weg, und mit ihnen entfernte sich auch alles Leichte. Wir waren in Deutschland und all die Sorgen ließen sich nun nicht mehr wegschieben. Sie kamen näher, je weiter wir fuhren. Jedes blaue Autobahnschild zeigte, wie wenig Zeit uns noch blieb. 500 Kilometer. 300. Noch 150. Wo sollte man hin mit der Angst? Wir waren mittendrin, man konnte sich nicht hinter Felsen oder im Meer davor verstecken, sie drückte von allen Seiten.

Frieda musste mal und wir hielten an einem Rastplatz. Papa spendierte uns ein Eis, aber selbst Frieda fand: »Das schmeckt nich so lecker wie bei Mario!« Ich konnte gar nicht richtig schlucken, so eng war mir vor Sorge. Ich konnte sehen, dass es Papa ähnlich ging. Die Sehnsucht nach Mama teilen ging schon ganz gut, mit den Sorgen mussten wir wohl noch üben, dachte ich. Das Postauto sah aus, als wären wir durch tiefen Matsch gefahren. Die Farben hatten sich durch den Regen gelöst und sich zu einem grauen Braun vermischt.

»Hier erkenne ich's! Hier war ich schon mal!«, rief Frieda aufgeregt.

»Ja, hier fahren wir immer zu Oma und Opa«, bestätigte Papa. »Jetzt ist es nicht mehr weit.«

Es war schon nach acht, als wir in unsere Straße einbogen. Alles sah genau aus wie immer. Bei Pohls standen die Fahrräder vor der Tür, der Mülleimer an der Ecke war überfüllt und bei Harders stand das Fenster auf. Irgendwie fand ich das beruhigend. Es sah aus, als wären wir nie weg gewesen. Vielleicht könnten wir einfach so tun, als wär nichts passiert?

Als Papa die Wohnungstür öffnete, schlug uns ein modriger Geruch entgegen.

»Puh!«, hörte ich ihn aus der Küche. Es war die Obstschale. Das Obst war schimmelig-matschig geworden und roch faul und ekelhaft. Als Papa den ganzen Matsch samt Schale in einen Müllbeutel gleiten ließ, flogen kleine Fliegen auf.

Frieda lief direkt in sein Zimmer und saß nach drei Minuten glücklich zwischen seinen Playmobilrittern. Ich half Papa, das Auto auszuräumen. Das ging schnell, denn wir hatten ja nicht viel.

»Was machen wir denn mit der Waldmatratze?«, fragte ich. »Die kann auf keinen Fall weg, sonst ist Frieda sauer.«

»Ja, da hast du vermutlich recht.« Papa füllte das gesammelte Innenleben in einen großen Kissenbezug und zog den Reißverschluss zu.

Als wir fertig waren, aßen wir zum Abendbrot ein

bisschen Zwieback mit Frischkäse, das war das Einzige, was wir noch hatten. Frieda legte das dicke Waldkissen unter seinen Kopf.

»Wenn ich meine Augen zumache und nur rieche, dann denke ich, ich bin noch in Italien«, seufzte er. Dann schlang er die Arme um Papas Hals. »Schlaf gut, liebes Papalein! Weißt du übrigens, was ich mir zum Geburtstag wünsche?«

»Nein, liebes Friedalein, das weiß ich nicht. Was denn?«

»Dass wir wieder mal so was Verrücktes machen, wir drei.« Er kicherte verschwörerisch. »Das macht voll Spaß, das is viel besser als die normalen Sachen!« Papa fuhr sich mit der Hand durchs Gesicht.

»Also, ich glaube, zuerst machen wir jetzt wieder ein paar normale Sachen!«

Nachdem ich Papa Gute Nacht gesagt hatte, ging ich Zähne putzen. Als ich aus dem Badezimmer kam, hörte ich eine Stimme. Sie kam von unserem Anrufbeantworter.

»Melden Sie sich dringend in meinem Büro!«

»...fällt Ihnen eigentlich ein? Sie sind gefeuert! Einfach ein Auto klauen, samt Paketen, das ist Diebstahl! Verstoß gegen das Postgeheimnis!«, schrie die Stimme. Ich ging in mein Zimmer, aber die Stimme war so laut, dass ich sie trotzdem hörte. Anscheinend hatte die Person mehrmals auf unseren Anrufbeantworter geschrien.

»…gebe ich Ihnen bis Montag Zeit, sonst rufe ich die Polizei!«

Plötzlich öffnete sich meine Zimmertür.

»Kalle?«

»Ja, Papa?«

»Kannst du dich morgen früh um Frieda kümmern? Ich will das Auto waschen und zurückbringen, dann mit meinem Chef reden und mich entschuldigen«, sagte Papa und nahm meine Hand.

»Na klar, mache ich.« Puh, war ich froh, dass ich nicht mit dieser wütenden Stimme sprechen musste. Was hatte ich doch für einen mutigen Papa.

Pfundskerle und Spacken

»Kalle! Jetzt wach mal auf und guck!« Frieda ruckelte an meinem Arm. Geschmückt mit Krone und Haifischzahn-Kette grinste er mich an. Noch bevor ich die Augen richtig aufbekam, zog er mich in sein Zimmer.

»Tadaaa!« Auf dem Kinderzimmerboden waren Muscheln, Steine und Plastikmännchen verteilt. Aus den Steinen waren Wege gelegt und die Muscheln dienten als Betten. »Die passen da genau rein!«, rief Frieda begeistert. »Du kannst die Piraten sein und ich bin die Ritter.«

Als Papa kurze Zeit später nach Hause kam, kämpften Ritter und Piraten gerade eine wilde Schlacht um die schönste Muschel.

»Guck mal Papa! Das sind alles Wege. Auf die hellen Steine dürfen nur die Ritter, auf die dunklen die Piraten. Kalle is die Piraten.«

»Toll«, sagte Papa abwesend. Er strich sich durchs Gesicht.

»Was sagt dein Chef?«, fragte ich

»Puh, der ist ziemlich sauer. Er hat mir gekündigt und droht außerdem mit einer Klage gegen mich.

Das hängt zwar noch davon ab, was die Leute, die ihre Päckchen nicht bekommen haben, dazu sagen, aber Herr Piepenbrink meinte, wenn es nach ihm ginge …«

»Was ist denn gekündigt und Klage?«, fragte Frieda und zupfte ungeduldig an Papas Hemd.

»Gekündigt heißt, ich darf nicht mehr für ihn arbeiten. Und mit der Klage meint er, dass er sich beschweren will, und dann muss ich wahrscheinlich eine Strafe zahlen.«

»Ui. Du darfst gar keine Päckchen mehr ausfahren? Nie mehr?«, fragte Frieda erschrocken.

»Zumindest nicht für diesen Paketdienst, fürchte ich. Und für das Auto soll ich auch zahlen.«

»Aber wir haben's doch ganz heile wieder mitgebracht!«

»Ja, aber wir hätten es nicht ausleihen dürfen. Du weißt doch, wenn man etwas ausleihen möchte, muss man den Besitzer vorher fragen. Du willst doch auch nicht, dass Lasse sich einfach deine Krone ausleiht, ohne dich zu fragen, oder?«

»Meine Krone? Nein, auf keinen Fall! Gar nicht darf er die ausleihen, noch nich mal mit fragen!«

»Ja, so ungefähr sieht Herr Piepenbrink das auch«, murmelte Papa.

»Bist du sehr traurig?«, fragte ich.

»Ach, ich wusste ja, dass ich etwas Verbotenes tue. Mir war völlig klar, dass ich Ärger bekomme.«

»Das war aber keine richtige Antwort.« Ich musste an Elise denken. An Elise und die Politikerantwort. Papa ließ sich neben uns auf das letzte freie Stück Kinderzimmerboden sinken und streichelte meinen Fuß.

»Stimmt, Kalle. Also: Ja, ich bin traurig. Ich bin gerne Paketbote, das wisst ihr ja, und vor allem mochte ich meine Kunden. Ich bin die Tour so viele Jahre gefahren und kannte inzwischen jeden und jeder kannte mich. Die elegante Frau von Schwanhoff, das Nest mit Jonte und seinen Geschwistern, und besonders unser lieber Herr Krüger. Sie werden mir fehlen.«

»Und unser lieber Heini!«, ergänzte Frieda. Papa nickte.

»Aber ich werde schon wieder was finden. Und wir haben ja Glück, dass Mama auch Geld verdient. Da ist es nicht so schlimm, wenn ich mal ein paar Wochen keinen Job habe.« Ich merkte, dass Papa tapfer sein wollte und außerdem versuchte, uns nicht traurig zu machen. Aber so leicht, wie er tat, war es für ihn sicher nicht.

»Apropos Job: Ich muss gleich noch mal los, zum Arbeitsamt. Schafft ihr beide das hier noch ein bisschen ohne mich?« Er sah mich an.

»Na klar, mach dir um uns keine Sorgen!«

Als wir beim Frühstück saßen, meinte Frieda: »Ich finde das richtig umfähr! Papa ist der allerbeste Paketebringer! Immer macht er alles richtig und nur weil er einmal was falsch gemacht hat, darf er nicht mehr Pakete bringen. So was Blödes! Ich habe im Kindergarten auch mal ein Glas fallen lassen, so klirr, mit tausendhundert Scherben. Da hat Ina gesagt: Das kann ja mal passieren, und jetzt darf ich trotzdem noch Gläser tragen!« Verdutzt sah ich meinen kleinen Bruder an. Und während ich meinen Toast kaute, fasste ich einen Entschluss.

»Frieda, ich bring dich gleich nach nebenan zu Frau Güngörmüs, okay? Ich muss was erledigen.«

»Was musst du denn erledigen?«

»Ich werde Papa helfen! Ich geh zu den Leuten und bring ihnen ihre Sachen, also die, die wir noch haben, die Turnschuhe und so. Und dann sage ich ihnen, dass sie nicht klagen sollen. Danach gehe ich zu Papas Chef!« Ich war ein bisschen außer Atem und mein Herz schlug wie verrückt.

»Oh, bist du mutig!« Bewundernd sah Frieda mich an. Dabei war ich ja eigentlich gar nicht mutig. Ich wollte einfach nur, dass Papa wieder fröhlich war.

»Nein, eigentlich nicht. Und ich weiß auch noch nicht ganz genau, ob ich mich traue, aber ich muss es versuchen. Papa hat das auch für uns gemacht.«

»Ich will auch helfen! Ich geh nicht zu Frau Güngörmüs! Ich helfe Papa!« Frieda stampfte mit dem Fuß auf und verschränkte die Arme. Na toll. Mit Frieda dauerte alles viel länger und außerdem … ich musste grinsen. Mein Frieda. Wie er da vor mir stand mit Krone auf dem Kopf und schokoverschmiertem Schmollmund im Schlafanzug hatte ich ihn plötzlich ganz furchtbar lieb.

»Du hast recht. Wir gehen zusammen!« Ich fuhr ihm mit der Hand durch die Locken. Zu zweit traut man sich auch mehr.

Wir holten den alten Bollerwagen aus dem Keller und beluden ihn mit den restlichen Paketen: Der Rasensprenger für Frau von Schwanhof, die Turnschuhe für A. Kara, das nicht mehr ganz neue Dackelbuch für Herrn Krüger. Da der Wein ja ausgetrunken war, beschlossen wir, ein paar Flaschen Bier aus dem Kasten im Keller einzupacken, als Ersatz. Außerdem hatten wir noch drei verpackte Päckchen.

Plötzlich zupfte Frieda an meinem Ärmel. »Du, ist es schlimm, wenn ich später vielleicht nicht mit zum Chef komme? Ich glaub, da trau ich mich nicht.« Frieda nahm meine Hand.

»Ich trau mich vielleicht auch nicht, mal sehen. Ich bin jedenfalls froh, dass du erst mal mit zu den Leuten kommst. Zusammen bei Fremden zu klingeln ist einfacher.«

Aber obwohl wir zusammen bei R. Rückeberg vor der Tür standen, war es überhaupt nicht leicht. Dingdong. Ein Mann öffnete die Tür.

»Ja bitte?«, fragte er und sah uns überrascht an.

»Guten Tag, wir ... wir wollten uns entschuldigen«, brachte ich hervor.

»Entschuldigen? Wofür denn? Habt ihr was kaputt gemacht?« Herr R. Rückeberg sah uns verwundert an. Ich schüttelte den Kopf.

»Nein, aber wegen dem Wein!«, sagte Frieda zur Erklärung. Der Mann schien immer noch nicht zu verstehen, worum es ging.

»Weißt du, weil wir doch nach Italien gefahren sind, da konnten wir dir den Wein nicht bringen«, erklärte Frieda.

»Wissen Sie, unser Papa ist der Paketbote und er ist mit uns in den Urlaub gefahren, deshalb konnte er Ihnen den Wein nicht bringen. Er hat sozusagen gestreikt«, ergänzte ich.

»Aha«, antwortete Herr Rückeberg, aber ich hatte

den Eindruck, er wusste immer noch nicht so richtig, worum es ging.

»Wir haben dir aber Bier aus Papas Keller mitgebracht«, fiel Frieda ein und er strahlte den Mann an. »Das kannst du aber nur haben, wenn du Papa nicht beklagst!«, ergänzte er noch.

»Ihr habt mir Bier mitgebracht?« Der Mann stützte die Hände in die Seiten und lachte.

»Ja. Leider hat unser Papa Ihren Wein ausgetrunken. Also nicht nur er, auch unsere Freunde in Österreich. Aber sonst wär er ja auch schlecht geworden.«

»In Österreich? So so. Also, ich verstehe zwar nicht genau, was passiert ist, aber ich begreife, dass ihr euch entschuldigen wollt. Und dass das anscheinend mit dem Paket Wein zusammenhängt, welches nicht geliefert wurde.«

»Ja, genau!«

»Okay. Also, das Bier könnt ihr wieder mitnehmen, ich mag nämlich kein Bier. Außerdem habe ich schon neuen Wein bestellt, weil ich dachte, das Paket sei verloren gegangen. Eure Entschuldigung nehme ich gerne an, wenn euch das hilft. Kann ja mal passieren, dass man aus Versehen Wein von anderen Leuten mit nach Italien nimmt und ihn in Österreich austrinkt. Beim Streiken.« Er lachte wieder.

»Und versprichst du, dass du Papa nich beklagst?«, fragte Frieda.

»Auf jeden Fall! Das verspreche ich! Ich beklage nie Leute, die ich nicht kenne.«

»Herzlichen Dank, Herr Rückeberg«, sagte ich höflich. Frieda verbeugte sich. Wahrscheinlich dachte er, das ist ganz besonders höflich.

»Das hat ja richtig gut geklappt, oder Kalle?«, flüsterte er auf dem Bürgersteig.

»Ja, finde ich auch. Jetzt gehen wir zu dem mit den Turnschuhen.«

A. Kara, Kiebitzgasse 12. Wieder schlug mein Herz kräftig, als wir vor einem großen Haus mit vielen Wohnungen standen. Es gab viele Klingelschilder und wir mussten erst mal das richtige finden. Nachdem wir geklingelt hatten, passierte erst mal eine Zeit lang gar nichts, dann knackte und rauschte es und eine Stimme meldete sich. »Ja, hallo? Wer ist da?« Frieda und ich sahen uns an. »Hallo?«, rief die Stimme.

»Hier ... hier sind Kalle und Frieda«, murmelte ich, »wegen der Turnschuhe.«

»Was? Ich verstehe nicht.« Die Stimme klang ein bisschen genervt.

»Wir bringen dir dein Paket«, half Frieda nach.

»Ah, Post, sag das doch gleich, Bro. 3. Stock links.« Dann summte der Türöffner. Frieda hielt die Tür auf, während ich den Bollerwagen ins Treppenhaus zog.

»Wo müssen wir denn jetzt hin?«, fragte Frieda und seine Stimme hallte von den Wänden wider.

»Dritter Stock, guck mal, da ist ein Aufzug.« Wir stiegen samt Wagen in den Aufzug und Frieda drückte die Drei.

In der Tür stand ein strubbeliger Mann und sah uns verwirrt an. »Ihr seid die Post oder was?«, fragte er ungläubig.

»Ja …, nein …, also eigentlich nicht. Aber wir bringen Ihnen die Turnschuhe, die Sie bestellt hatten.«

Frieda holte den Schuhkarton aus dem Bollerwagen.

»Die sind viel zu spät, Bro! Die hatte ich vor hundert Jahren bestellt!«, schimpfte er, nachdem er den Karton geöffnet hatte.

»Nein, da flunkerst du aber! Wir waren ja nur zwei Wochen in Italien«, stellte Frieda mit erhobenem Zeigefinger richtig.

»Hä? Wie, was Italien? Wer seid ihr zwei Spacken überhaupt?«

»Wir sind Kalle und Frieda und es tut uns wirklich

sehr leid, dass Sie ihre Schuhe so spät bekommen. Entschuldigung!«, ergriff ich das Wort.

»Was sind Spacken?«, fragte Frieda und zupfte mich am Ärmel. Ich schüttelte ihn ab.

»Bitte verklagen Sie unseren Papa nicht, das wäre sehr nett«, fügte ich noch hinzu.

»What?«, rief der Strubbelige, murmelte irgendetwas und schmiss die Tür zu.

»Das ist wohl nicht so gut gelaufen, Kalle, oder? Und was sind jetzt Spacken?«, fragte Frieda.

Ich zuckte die Schultern und wir gingen zum Aufzug.

»Jetzt gehen wir erst mal zu Herrn Krüger, der ist bestimmt netter!«, machte ich uns Mut, als wir wieder draußen waren.

Als Herr Krüger die Tür öffnete, rief er: »Ja gibt's denn so was! Der Kalle und der Frieda! Da seid ihr ja wieder! Wo wart ihr denn bloß so lange?« Heini kam angerannt, sprang an uns hoch und freute sich.

»Wir waren in Italien!«, erklärte Frieda, während er sich hinunterbeugte, um sich von Heini das Gesicht abschlecken zu lassen.

»Ihr wart doch in Italien? Das gibt's ja nicht! Kommt rein, das müsst ihr mir genauer erzählen! Wo ist denn euer Papa? Wartet der im Postauto?«

»Der ist beim Arbeitsamt«, erklärte ich.

»Der darf nie mehr Postauto fahren!«, ergänzte Frieda.

»Das wird ja immer spannender! Herein mit euch!«

Ja, und dann haben wir Herrn Krüger bei Würstchen und Apfelsaft die ganze Geschichte erzählt. Dass Papa einfach losgefahren ist, wie wir das Auto angemalt haben, von Mario und dem wütenden Chef auf dem Anrufbeantworter. Herr Krüger hörte aufmerksam zu, nickte hin und wieder und schüttelte mit dem Kopf.

»Das gibt's ja nicht!«, sagte er, als wir fertig waren.

»Und jetzt bringen wir den Leuten ihre Pakete, damit sie Papa nicht beklagen. Das hat Kalle sich ausgedacht«, fügte Frieda noch hinzu. Gespannt sah ich Herrn Krüger an. Wie er das wohl alles fand?

»Meine Güte, Kinder!« Er wischte sich mit der Hand durchs Gesicht. »Euer Papa, das ist schon ein Pfundskerl. Und ihr zwei, einfach loszuziehen, um eurem Papa zu helfen.« Er schüttelte den Kopf. »Großartig. Ganz großartige Jungs seid ihr!«

Puh, da war ich richtig erleichtert! Irgendwie war ich mir die ganze Zeit nicht so sicher gewesen, ob das auch alles gut war, was wir machten.

»Darf ich mitkommen?«, fragte Herr Krüger plötzlich.

»Wohin?«, fragte ich verwirrt.

»Na, zu den Leuten, die Päckchen zurückbringen. Und wenn ich darf, auch zu dem Chef.« Ich sah ihn erstaunt an.

»Ja, natürlich dürfen Sie mit! Wollen Sie das wirklich?« Ich konnte es gar nicht glauben.

»Ja, das will ich wirklich! Zwei Jungs, die sich für ihren Papa stark machen, muss man unterstützen!«

»Kommt Heini dann auch mit?«, fragte Frieda mit weit aufgerissenen Augen.

»Na, Heini? Willst du auch mit?«, fragte Herr Krüger und schlug sich auf die Oberschenkel. Sofort fing Heini an, mit dem Schwanz zu wedeln und zu bellen.

»Ich denke, das heißt ja!«, erklärte Herr Krüger. Frieda jubelte. Da fiel mir etwas ein. »Herr Krüger, da ist noch etwas. Vielleicht wollen sie dann doch nicht mehr mit …«, murmelte ich zerknirscht.

»Aber was ist denn noch?«

Ich holte das zerlesene, verknickte Dackelbuch hervor.

»Wir haben es ausgepackt. Und wir haben es gelesen, ganz oft. Das hätten wir nicht tun sollen, entschuldigen Sie bitte«, sagte ich und es tat mir wirklich leid. Da war Herr Krüger so unglaublich nett zu uns, und wir machten einfach sein Päckchen auf und zerknickten sein Buch.

Er nahm das Buch in die Hand.

»Das habt ihr gelesen? War das nicht ein bisschen langweilig?«, fragte er und lächelte und schien kein bisschen sauer zu sein.

»Nee, gar nicht! Das war superspannend mit der Jagd und der Stöberarbeit und so!«, erklärte Frieda ihm. Herr Krüger lachte.

»Stöberarbeit, so, so! Dann brauche ich das Buch ja gar nicht zu lesen, ihr könnt mir einfach alles erzählen, was drinsteht!«

»Ja, ich mach das«, erklärte Frieda. »Ich weiß jetzt alles mit Dackeln.«

»Wisst ihr was? Ehrlich gesagt, habe ich das Buch nur bestellt, damit ihr mich besuchen kommt«, murmelte Herr Krüger.

»Wirklich? Das heißt, Sie brauchen das Buch eigentlich gar nicht?«, fragte ich ungläubig.

»Nein, eigentlich nicht. Manchmal bestelle ich etwas, damit ich ein bisschen mit euch reden kann.«

»Das musst du aber doch gar nicht! Wir können doch auch ohne Paket kommen«, rief Frieda. Ich nickte. »Genau!« Herr Krüger lächelte.

»Das freut mich. Ich hatte mich wohl bisher nicht getraut zu fragen. Aber wo ihr zwei so mutige junge Männer seid, sollte so ein alter Mann wie ich erst recht mutig sein. Und bevor ihr mich in nächster Zeit ohne Päckchen besuchen kommt, machen wir uns jetzt erst mal auf den Weg zu den anderen Päckchenbesitzern!«

Chefsache

Dass wir jetzt Herrn Krüger und Heini dabei hatten, fühlte sich richtig gut an! Vielleicht war es wirklich eine tolle Idee von mir gewesen, den Leuten die Päckchen zurückzubringen? Fröhlich marschierten wir los zu Frau von Schwanhof, um den Rasensprenger abzuliefern.

Und soll ich euch was sagen? Ab dem Moment lief es richtig super! Frau von Schwanhof ließ sich die ganze Geschichte erzählen, zog die schwarze Augenbraue hoch und sagte dann, das sei ja nicht so schlimm mit dem verspäteten Rasensprenger, schließlich hätte ihr Mann es mit Gießkanne und Schlauch auch ganz prima hinbekommen. Außerdem, sagte sie weiter, habe sie gerade nichts vor, und ob wir etwas dagegen hätten, wenn sie ebenfalls mitkäme?

»Denn das kann ja wohl nicht wahr sein, dass solch einem hervorragenden Postboten, der außerdem noch der Vater von zwei so vorbildlichen Söhnen ist, gekündigt wurde! Wegen so einer Lapalie!« Also waren wir plötzlich zu viert, plus Hund und Bollerwagen.

Ein paar Häuser weiter klingelten wir bei S. Rönnemann und eine Frau mit Baby auf dem Arm öffnete die Tür. Verwirrt sah sie uns an.

»Wir möchten Ihnen ihr Päckchen bringen und uns entschuldigen, dass es leider viel zu spät kommt«, erklärte ich, inzwischen schon recht flüssig. Sie nahm mir das Päckchen aus der Hand.

»Aha. Warum ist es denn zu spät? Und warum sind die ganzen Leute hier?«

»Wir mussten nach Italien, weißt du? Und der Chef hat gesagt, wir dürfen nicht. Aber dann hat Papa gestreikt und weil er ein Held ist, sind wir zu Mario gefahren. Und jetzt hat der Chef gesagt, Papa darf nicht mehr arbeiten. Kannst du ihn bitte nicht beklagen?«, erklärte Frieda.

»Wissen Sie, der Vater von den beiden Jungs hier ist der Paketbote«, fügte Herr Krüger hinzu.

»Ach, der nette Paketbote? Konrad?«, fragte sie und lächelte. »Der trägt mir die schweren und großen Pakete immer bis ganz nach oben in meine Wohnung.«

»Unser Papa ist ein Held, weißt du?«, sagte Frieda.

»Aber ich verstehe immer noch nicht, wieso ihr alle hier seid!«

»Na, wir bringen den Leuten die Päckchen und dann gehen wir zum Chef von Papa«, erklärte Frieda nochmal. Frau S. Rönnemann runzelte die Stirn.

»Warum kommen Sie nicht einfach mit? Dann erklären wir Ihnen unterwegs alles«, sagte Frau von

Schwanhof und ihre Armreifen klirrten leise aneinander.

»Tja, warum eigentlich nicht? Der kleine Mann hier«, sie stupste mit ihrer Nase gegen die Nase des Babys, »braucht sowieso einen Mittagsschlaf. Wartet ihr eine Minute? Ich hole schnell den Kinderwagen!«

Direkt neben Frau Rönnemann wohnte der nächste Paketbesitzer, aber als wir klingelten, öffnete keiner. »Ach, der ist sicher noch bei der Arbeit, ich gebe ihm das Paket nachher«, bot sie an.

»Und können Sie ihm bitte auch sagen, dass er Papa nicht verklagen soll?«, fragte ich.

»Na klar, das vergesse ich bestimmt nicht!«

Das letzte Paket wurden wir dann wieder los. Der ältere Herr verstand glaube ich nicht, worum es ging. Er hörte unsere Erklärungen an und sagte zum Schluss: »Das Paket war ja lange unterwegs! Wahrscheinlich so ein Kram aus China.«

Ich dachte mir, ist ja nicht so schlimm, wenn er das nicht versteht. Hauptsache, er verklagt Papa nicht.

Und dann wurde es ernst. Alle gemeinsam zogen wir zur Hauptpost. Vorne Frieda und ich mit dem Bollerwagen, dahinter Herr Krüger mit Heini, dann Frau von Schwanhof und zum Schluß Frau Rönnemann samt Baby und Kinderwagen. Am Eingang saß eine Frau hinter einem Schreibtisch.

»Ja bitte?«, fragte sie und sah uns über ihre Brille hinweg an.

»Wir möchten zum Chef, bitte«, sagte Frieda.

Die Frau lächelte Frieda an. »Zu welchem denn? Wir haben hier mehrere.« Frieda sah mich an.

»Zu Herrn Piepenbrink, bitte«, ergänzte ich.

»Aha. In welcher Angelegenheit?«, fragte sie. Oh, ja, in welcher Angelegenheit? Ich drehte mich zu Herrn Krüger um.

»Wir möchten gern mit ihm über den Paketboten Konrad Winter reden«, half er mir. Die Frau griff zum Hörer.

»Sie alle?«, fragte sie noch. Wir nickten. Ja, alle.

»Hallo Herr Piepenbrink, hier sind ein paar Leute, die Sie gerne sprechen wollen. Es geht um Konrad Winter.« Sie legte den Hörer auf. »Sie sollen hochkommen, Zimmer 245, zweiter Stock rechts.«

Zum Glück konnten wir den Bollerwagen unten stehen lassen. Der Teppichboden schluckte unsere Schritte. Als Frieda die Hand ausstreckte, um die Klinke von Zimmer 245 hinunterzudrücken, hielt ich ihn fest.

»Nein, warte, erst klopfen!«

Er klopfte.

»Herein!«

Das Büro von Herrn Piepenbrink war ziemlich leer, nur ein Schreibtisch und ein Stuhl standen darin. Vor dem kleinen Fenster stand eine graugrüne

Topfpflanze und sah sehnsüchtig nach draußen. Es war gut, dass nicht mehr in dem Zimmer stand, so passten wir gerade alle hinein. Hinter dem Schreibtisch saß ein Mann mit einer Brille und einem graugrünen Hemd. Als wir durch die Tür kamen, nahm er die Brille ab und stand auf.

»Ach du liebes Bisschen! Wollen Sie sich alle über Herrn Winter beschweren?«, fragte er. Ich war so froh, dass Frieda und ich nicht allein hier standen, sondern alle mitgekommen waren. Ich hätte mich niemals im Leben getraut, allein hier hineinzugehen. Aber obwohl ich jetzt nicht allein war, konnte ich nichts sagen. Ich wollte wirklich, aber es kam einfach nichts. Zum Glück war Frieda da.

»Nee du, wir wollen uns nicht über meinen Papa beschweren! Du beschwerst dich nur immer. Dabei ist er doch ein Held!«

Zwischen den Augenbrauen von Herrn Piepenbrink bildete sich eine Falte.

»Ein Held? Na, das ist mir ja ein feiner Held! Unerlaubtes Entfernen vom Arbeitsplatz, Diebstahl eines Postautos, Verstoß gegen das Postgeheimnis«, zählte er auf. Und da fing ich aus Versehen an zu weinen. Mein Papa war doch kein Dieb! Wir würden es nie schaffen, diesen Chef zu überzeugen.

»Gar nicht hat er das Auto geklaut! Nur ausgeliehen!«, sagte Frieda wütend.

»Und wieso Verstoß gegen das Postgeheimnis? Mein Paket war originalverpackt!«, rief Frau Rönnemann. »Ja, genau, meins auch!« Frau von Schwanhof nickte. Herr Krüger nahm meine Hand.

»Meins auch«, behauptete er und drückte kurz zu.

»Können Sie ihn bitte nicht beklagen? Und auch nicht verkündigen? Bitte?«, fragte Frieda und sah Herrn Piepenbrink flehend an.

Der pustete Luft zwischen den Zähnen hervor. »Nicht kündigen? Pah! Es gibt hier Regeln, an die muss man sich halten.«

»Herr Winter ist ein sehr gewissenhafter Paketbote! Immer zuverlässig, freundlich und hilfsbereit. Nur weil er jetzt einmal einen Fehler gemacht hat«, sagte Herr Krüger ruhig und hielt meine Hand weiter fest in seiner.

»Einmal einen Fehler, wenn ich das schon höre! Wer sagt mir denn, dass er nicht nächste Woche wieder mit Transporter und Paketen abhaut?!«

»Konrad Winter ist der freundlichste, zuverlässigste Paketbote, den man sich überhaupt nur vorstellen kann! Haben Sie noch nie einen Fehler gemacht?«, fragte Frau von Schwanhof und hob ihre Augenbraue so hoch wie noch nie. Herr Piepenbrink schüttelte unwillig den Kopf und verschränkte die Arme.

In dem Moment stupste Heini mich an. Ich blinzelte die Tränen weg und holte tief Luft.

»Wissen Sie, Herr Piepenbrink, es tut uns sehr leid, dass wir das Auto genommen haben und einfach losgefahren sind. Und ich weiß auch, dass man das nicht darf, und dass das richtig verboten ist. Aber, wissen Sie, mein Papa macht immer alles richtig, der hat noch nie was Verbotenes gemacht. Der bringt die Pakete pünktlich zu den Kunden und ist immer ganz schrecklich vernünftig. Er geht nie bei rot über die Straße. Er passt auf, dass wir eine Mütze aufsetzen und hilft mir bei den Hausaufgaben. Und er macht alles alleine, weil unsere Mama nicht da ist.

Und trotzdem meckert er nie und sagt auch nie, dass er sie vermisst oder dass wir anstrengend sind oder so.

Aber wir hatten uns schon so auf den Urlaub gefreut. Und als wir plötzlich doch nicht in den Urlaub fahren durften, da habe ich mich so angestrengt, nicht traurig zu sein, aber er hat es doch gemerkt. Er hat gefühlt, dass wir Mama aus Versehen so vermissen und dass wir eine Zeit brauchen. Zeit zusammen, wir drei. Also ist es eigentlich meine Schuld, meine ganz alleine. Weil, als er gemerkt hat, dass ich traurig bin, da hat auf einmal sein Herz einfach die Vernunft überholt, wissen Sie? Dann hat er aus Versehen gedacht, Frieda und ich sind wichtiger als die Pakete. Ich weiß ja, dass das verboten ist, aber bitte, bitte Herr Piepenbrink, vielleicht ist es nicht so schlimm, wenn man einmal unvernünftig ist? Ein einziges Mal? Außerdem hat Papa das nur für uns gemacht. Wenn überhaupt bin also ich schuld.«

Nachdem ich das gesagt hatte, war es still in dem Büro und Heini leckte mein Knie.

»Na ja, also du bist natürlich nicht … Also, so war das … Na ja. Also direkt verklagt wurde er ja nicht, bisher. Obwohl man das könnte! Aber die Kündigung – also, da kommt schon viel zusammen. Ich werde darüber nachdenken, aber ich kann nichts versprechen«, sagte Herr Piepenbrink.

»Vielleicht hilft es Ihnen ja beim Nachdenken, wenn Sie auch noch mal überlegen, ob es erlaubt ist, einmal genehmigten Urlaub wieder zurückzunehmen«, fügte Herr Krüger noch hinzu.

Und dann sind wir gegangen. Als wir mit unserem Bollerwagen wieder draußen auf der Straße standen, sagte Frieda: »So ein Spacken!«

Da unsere Wohnung am nächsten an der Post lag, kam es, dass uns alle zusammen nach Hause brachten. Als wir in unsere Straße einbogen, kam auf einmal Papa angelaufen.

»Kalle, Frieda! Da seid ihr ja! Ich hab mir schon Sorgen gemacht!« Erst jetzt schien er zu bemerken, dass wir nicht alleine waren.

»Herr Krüger ... Frau von Schwanhof ... Was machen Sie denn alle hier?«

»Das erklären wir Ihnen gleich, und zwar am liebsten bei einem Glas Wasser, wenn's geht!«, lächelte Herr Krüger. »Und Heini hätte auch Durst.«

Ja, und dann sind wir alle zu uns gegangen. Da war es aber plötzlich ganz schön voll in unserer kleinen Küche. Papa öffnete die Tür zum Hof und Frieda und ich holten Gläser und Wasser und ein Schälchen für Heini. Herr Krüger erzählte Papa währenddessen, was wir getan hatten. Papa hing mit weit aufgerissenen Augen an seinen Lippen und rief zwischendurch »Was?« und »Ich fasse es nicht!« und solche Sachen.

Als er zu der Stelle im Büro von Herrn Piepenbrink kam, wurden alle mucksmäuschenstill.

»Ihre zwei Jungs, Herr Winter, das sind schon zwei Prachtexemplare. Auf die können Sie stolz sein!«, schloss Herr Krüger. Diesmal schien Papas Badewannenstöpsel nicht ganz in Ordnung zu sein. Er wischte sich die Tränen aus den Augen, nahm Frieda und mich in den Arm und murmelte: »Oh ja! Das bin ich!«

Es wurde ein langer Abend. Irgendwann bestellten wir Pizza für alle und holten das restliche Bier und noch mehr Getränke aus dem Keller. Was für ein Glück, dass ich bei Mario hinter der Bar geholfen hatte und nun wusste, wie man Gäste mit Getränken versorgt.

Irgendwie hatte uns dieser Tag zusammengeschweißt und niemand wollte nach Hause gehen. Heini und das Baby, das übrigens Fritz hieß, krabbelten, verfolgt von Frieda, durch die Wohnung. Alle anderen lachten und erzählten. Irgendwann klingelte es, und unsere Nachbarin Frau Güngörmüs stand mit ihrem Mann vor der Tür.

»Es hörte sich an, als wäre hier ein Fest, da wollten wir mal nachsehen«, sagte sie.

»Kommen Sie herein, immer herein!«, sagte Papa und machte alle miteinander bekannt.

Gerade als ich überlegte, ob Frau Schmidtchen nicht womöglich ganz schön sauer war, weil es doch schon so spät und laut war, sah ich, wie Papas Handy klingelte. Es lag auf dem Tisch und leuchtete. Hören konnte ich es nicht, dafür war es einfach zu laut drumherum.

Ich schnappte es mir und lief ins Kinderzimmer, damit ich verstehen konnte, wer dran war.

»Hallo, hier ist Kalle?«

»Kalle …« Ich hörte jemanden atmen. War das ein Schluchzen?

»Wer ist denn da?«

»Kalle, hier ist Mama.« Es fühlte sich an, als ob der Playmobilpirat auf dem Boden mit seiner Kanone direkt in mein Herz geschossen hätte.

»Mama … wo bist du? Was ist passiert? Hast du … hast du fertig geforscht?«, fragte ich. Wieder hörte ich sie schluchzen.

»Nein, noch nicht. Ich habe mir den Fuß gebrochen, deshalb musste ich zum Arzt geflogen werden.«

»Tut es sehr weh?«

»Nein, nein, es tut nicht mehr weh. Ich weine, weil es so schön ist, deine Stimme zu hören, mein Kalle! Noch 231 Tage, dann bin ich wieder bei euch.«

In dem Moment öffnete sich die Tür und Frieda steckte den Kopf herein.

»Ach, hier bist du. Mit wem telefonierst du denn?«, fragte er. Ich stellte auf Lautsprecher und hielt ihm den Hörer hin.

»Das ist Mama.«

»Mama! Ich bin's, Frieda«, rief er, als müsste er bis zum Nordpol schreien.

»Frieda, mein Schatz! Wie geht es dir?«, fragte sie.

»Gut. Ich habe einen echten Haifischzahn aus Italien mitgebracht und wir feiern gerade ein Fest, weil alle mitgeholfen haben, dass Papa nicht beklagt wird. Er ist ja kein Dieb«, erklärte er. Es war einen Moment still.

»Das habe ich jetzt nicht ganz verstanden«, sagte Mama dann.

»Kalle erklärt es dir, ich kann jetzt nicht, Mama, ich muss wieder zu Heini. Tschüß!«, rief Frieda, küsste das Telefon und war verschwunden.

»Du musst dir keine Sorgen machen, Mama. Hier ist alles in Ordnung«, beruhigte ich sie, denn sie sollte sich mit ihrem gebrochenen Fuß nicht auch noch Gedanken um uns machen.

In dem Moment kam Papa herein.

»Ist das wahr? Ist Mama am Telefon?«, fragte er und setzte sich neben mich aufs Bett. Ich nickte.

»Stella. Ist etwas passiert?« Ich konnte die Tränen in Papas Augen sehen. Ja, das kannte ich auch. Wenn der Tränenbadewannenstöpsel einmal locker war …

»Ich habe mir den Fuß gebrochen, nicht schlimm, ich muss nur für ein paar Wochen so einen Riesenschuh tragen. Aber hier beim Arzt gibt es ein Telefon. Ich wollte unbedingt kurz eure Stimmen hören. Ich vermisse euch so.«

»Wir dich auch.«

»Was ist denn da los bei euch? Es ist so laut und Frieda hat was von Party und Italien gesagt …« Papa grinste und fuhr sich durch die Haare.

»Das ist wirklich eine lange Geschichte. Wir waren in Italien, bei Mario … aber ich glaube fast, das erzählen wir dir besser in Ruhe, wenn du wieder da bist. In 231 Tagen. Frieda und Kalle haben eine Kiste voller Sachen für dich gesammelt, damit sie nichts vergessen und dir alles genau erzählen können.«

»Ich kann es kaum erwarten. Ich freu mich schon so.«

»Ich mich auch«, sagte ich.

»Kalle, mein Kalle. Ich muss jetzt Schluss machen, der Hubschrauber bringt uns zurück zur Station.

Grüß Frieda noch mal von mir und diesen Heini, wer auch immer das ist. Noch 231 Tage.«

Als es schon sehr spät war und Frieda mit Heini im Arm eingeschlafen war, gingen alle nach Hause. Ich ging ins Bad, putzte die Zähne und zog meinen Schlafanzug an.

»Papa? Wo bist du denn?«, rief ich, denn ich konnte ihn nicht finden.

»Ich bin hier draußen!«, rief er leise. Papa saß in unserem kleinen Innenhof auf einer Matratze.

»Was machst du denn da? Wir dürfen doch nicht …«, flüsterte ich.

»Ja, ich weiß. Wir sind ja ganz leise. Ich dachte, wenn du magst, schlafen wir heute Nacht hier draußen.« Ich sah ihn erstaunt an. »Du darfst nur nicht so laut schnarchen!«, grinste er. Und dann haben wir es einfach gemacht. Und niemand hat's gemerkt. Auch nicht unsere Vermieterin, Frau Schmidtchen. Überhaupt hab ich gedacht, ist es gar nicht so gekommen, wie sie gesagt hatte. Denn es sind ja gar keine Insekten reingekommen, sondern nur die Nachbarn. Und gestört haben sie sich auch nicht gefühlt, glaube ich. Eher ganz schön wohlgefühlt!

Als Papa Frieda und mich ein paar Tage später Ecke Spatzenweg einsammelte, sagte Frieda: »Ich habe heute im Kindergarten ein Bild für Herrn Krüger, äh,

Willi gemalt!« Er hielt ein Blatt hoch. »Ist das ein Baumstamm mit ein paar Blättern?«, fragte ich. »Nein! Das ist doch Heini, du Spacken!«, schimpfte er. Ups.

Herr Piepenbrink hatte tatsächlich die Kündigung zurückgezogen. Papa durfte weiter Pakete ausfahren und wir halfen ihm dabei. Alles war wieder wie immer. Na ja, fast wie immer. Manchmal dauerte es etwas länger, zum Beispiel wenn wir noch mit Ulla von Schwanhof quatschten, oder Willi Krüger uns zu Kaffee und Kuchen einlud.

Als Papa bei Frau Schröder hielt – das ist die, die nie da ist, wo man das Paket hinter den Blumentopf legen muss –, stieg ich aus und plötzlich flutschte mir das Päckchen aus der Hand und landete auf dem Bürgersteig. Ich bückte mich, um es aufzuheben. Und wie ich da so neben unserem Postauto kniete, sah ich auf einmal etwas. An der Innenseite des Autos, direkt neben dem Reifen, klebte ein Rest blauer Farbe. Vorsichtig fuhr ich mit dem Finger darüber.

»Kalle, alles klar?«, rief Papa besorgt.

»Ja, alles klar!«, rief ich zurück und lächelte.

Bevor **Jasmin Schaudinn** Kinderbuchautorin wurde, ist sie erst mal im Zickzack durchs Leben gebraust. Als Leistungssportlerin, bei der Arbeit in der Kita und als Salsalehrerin auf einem Kreuzfahrtschiff hat sie all die Ideen gesammelt, die jetzt aus ihr heraussprudeln. Mit drei Teenies, Mann und Hund lebt und schreibt sie in Wuppertal.

© privat

Stéffie Becker wurde 1977 in Paris geboren. Mit 5 Jahren zog die Familie nach Deutschland aufs Land, die Zeichenstifte im Gepäck. Spaziergänge mit dem Hund durch Wald und Wiesen und das Zeichnen waren ihre liebsten Beschäftigungen. Später studierte sie Kommunikationsdesign in Trier, doch das Illustrieren hat sie schließlich zum Beruf gemacht. Heute lebt sie zusammen mit ihrem Mann, zwei Söhnen und zwei Kaninchen, die ihre bunte Welt inspirieren.